U0446000

时代见证·系列丛书
全球视野 中国立场

时代·大家

《时代周报》社 主编

SPM 南方出版传媒 广东人民出版社
·广州·

图书在版编目（CIP）数据

时代·大家/《时代周报》社主编. —广州：广东人民出版社，2019.9
ISBN 978-7-218-13529-8

Ⅰ. ①时⋯　Ⅱ. ①时⋯　Ⅲ. ①新闻报道—作品集—中国—当代　Ⅳ. ①I253

中国版本图书馆CIP数据核字（2019）第082531号

SHIDAI·DAJIA
时代·大家

《时代周报》社　主编　　　　　　　　　版权所有　翻印必究

出 版 人：肖风华

策 划 人：孙　波
执行主编：吴　慧　谭　骥　曾向荣

责任编辑：梁　茵　陈泽航
责任技编：周　杰　周星奎
插画作者：周　熙

出版发行：广东人民出版社
地　　址：广州市海珠区新港西路204号2号楼（邮政编码：510300）
电　　话：（020）85716809（总编室）
传　　真：（020）85716872
网　　址：http:// www.gdpph.com
印　　刷：珠海市豪迈实业有限公司
开　　本：787mm×1092mm　1/16
印　　张：15.75　　字　数：230千
版　　次：2019年9月第1版　2019年9月第1次印刷
定　　价：66.00元

如发现印装质量问题，影响阅读，请与出版社（020-85716849）联系调换。
售书热线：（020）85716826

目录 CONTENTS

序　遗憾的艺术　李怀宇

第一章　经济学家　民胞物与　　　　　　　　　　　　　　　/ 1

　　　2017年，中国经济占世界经济的比重提高到15.3%左右，对世界经济增长的贡献率为34%左右，成为世界经济增长的主要动力。
　　　一个国家的经济发展少不了经济学家的智慧，而老百姓更看重的，则是一个经济学家内在的良心和社会责任。民胞物与，是经济学家应该拥有的胸怀。

吴敬琏：金融危机中，中国不可能独善其身　　　　　　　　　/ 2
厉以宁：改革下一站是城乡一体化　　　　　　　　　　　　　/ 11
刘元春：供给侧改革窗口期只有两年　　　　　　　　　　　　/ 20
钟　伟：债转股是非常昂贵的选择　　　　　　　　　　　　　/ 28
樊　纲：上次产能调整八年，这次不会短　　　　　　　　　　/ 35
余永定：从"加快"到"有序"，政策调整说明央行是负责任的　/ 40
黄益平：平稳快速的产业结构变迁，是未来经济增长的关键　　/ 46
周其仁：加强大中城市承载力，是实现城镇化的关键　　　　　/ 53

第二章　学者　国家的良心　　　　　　　　　　　　/ 59

他们游走于不同文化之间，出入无碍，能够理解不同的立场，却又能坚持己见，以文化批评为手段，积极参与公众议题的讨论，向权威发出挑战，为不公而抗争。

陈方正：东西文明自古南辕北辙　　　　　　　　　　/ 60
史景迁：中国近代史课本不该从屈辱开始　　　　　　/ 70
傅高义：现在中国走的还是邓小平的路　　　　　　　/ 79
沈志华：中国人真要研究邓小平，肯定比傅高义深　　/ 84
葛剑雄：这五年，政协变得更务实　　　　　　　　　/ 92

第三章　艺术家　诗人与匠人　　　　　　　　　　/ 101

艺海茫茫，而时代巨变。要了解一件艺术品，一个艺术家，一群艺术家，必须了解其所属的时代精神和风俗概况。但无论时代如何变迁，艺术家始终应是一个热爱世界，关怀宇宙，对与人有关的一切都抱有高度热情的人——一半是诗人，一半是匠人。

胡因梦：从救赎到幻灭　　　　　　　　　　　　　　/ 102
杨丽萍：现在做舞蹈太难了　　　　　　　　　　　　/ 109
蔡国强：艺术有那么重要吗　　　　　　　　　　　　/ 116
张艺谋：和平时代，好故事不多　　　　　　　　　　/ 124
娄烨："花"在威尼斯　　　　　　　　　　　　　　/ 134
吕效平：我们至今没有遭遇任何压力　　　　　　　　/ 142

第四章　作家　融入时代　　　　　　　　　　　　　／149

　　凡一代有一代之文学。文学从来没有像今天这样显得如此必要。中国正在被新的社会、经济、政治、文化方式重新塑造，作家既需要敏锐感知生活细节的变化，又需要宏观把握其背后蕴含的巨大变化。书写、讲述中国人新的传奇、新的故事，是身为作家的使命和责任。文运与国运相连，作家无法脱离他所处的时代，必须与时代融为一体。希望有一天，我们能在文学里重新了解中国。

金　　庸：办报纸是拼命，写小说是玩玩　　　　　　　／150
张大春：所有艺术都来自不务正业　　　　　　　　　／169
王安忆：宁写死亡不写暴力　　　　　　　　　　　　／178
白先勇：在我心中，父亲白崇禧是英雄人物　　　　　／187
朱天文：写作是天赋，也是诅咒　　　　　　　　　　／203
余光中：把乡愁拿掉我仍很多彩　　　　　　　　　　／210
芦　　苇：《白鹿原》背后的推手　　　　　　　　　　／217
莫　　言：作家不可以为奖项而写作　　　　　　　　／227
何　　伟：寻找民间经济里的微观中国　　　　　　　／237

序

遗憾的艺术

在人类文明史的天空里，有一些闪耀的明星，给人间带来光明与温暖。《史记》所记国史，正是以"人"为本，为后世记录下一个个活生生的历史人物，其言其行跃然纸上。今天的新闻是明天的历史，在信息千变万化的新时代，敬业的新闻人正在采访历史。"人物访谈"是现代新闻的一种重要方式，世界闻名的女记者法拉奇可谓是代表性人物，她的人物访谈录，相信无数后来者皆以为典范。

在现代新闻界与学术界，"人物访谈"与"口述历史"风生水起，为读者喜闻乐见。二战后，哥伦比亚大学教授艾伦·芮文斯（Allan Nevins）提出了"Oral History"的名词，翻成中文就是"口述历史"。但唐德刚对他说："你不是口述历史的老祖宗，而只是名词的发明人。"在唐德刚看来，口述历史至少有两千年的历史，中外皆有老传统。孔子述而不作，《论语》便是由孔子口述，经学生或学生的学生记下来的，自然是口述历史了。司马迁的《史记》中也有根据口述史料加以整理编写而成的内容。在西方，荷马和希罗多德的作品都是第一流的"口述历史"，甚而苏格拉底、释迦牟尼、耶稣、摩西的言论也是口述后记录下来的。而唐德刚所做的那些生龙活虎的口述历史，何尝不是新闻人学习的范本？

新闻与历史的真相不仅需要当事人的现身说法，还要靠其他的旁证，彼此相印证，方能得出相对客观的事实。在记者生涯中，我有幸采访过数百位文化人，越到后来，越感惶恐，因此有感而发：胡适当年深感中国传记文学缺失，到处劝他的老辈朋友赤裸裸地记载他们的生活，给史家做材料，给文学开生路。当我做了这么多人物访谈之后，再看最可圈点的"赤裸裸"一词，发现其技术难度几乎无法完成。且不论遮丑的自传衣不蔽体，也不说美化的传记涂脂抹粉，即使是一位真诚的老人，在经历大半生风云变幻之后，一心想准确无误地回忆历史，又如何克服心理和生理的种种局限呢？在我的经验里，人物访谈是一门充满遗憾的艺术。在新科技与新媒体层不出穷的时代，这门艺术还需要永无止境的学习。

时代已然巨变，莫非正合"江山代有才人出，各领风骚三五年"的笑谈？放眼天下，除影星、球星、歌星、主持人抢尽眼球之外，还有许多人正为自己的爱好和理想默默地努力，媒体的眼光，是否应该适当地投向那一方安静的天地？陈方正中学时代在《自由学人》杂志上初次读到英国史家屈范连（George M. Trevelyan）的自传，立即为其所娓娓讲述的治学环境以及写作生涯所吸引，而特别感到印象深刻的，则是他所说：在此熟悉的土地上，前人和我们同样真实地生活过，"但是现在都没有了，一代随着一代全告消灭，如同鬼魂到了鸡啼时候，消灭得干干净净……这是人生中我们最熟悉、最确实的事实，但也是最富诗意的"。浪花淘尽英雄，公道自在人心，当我们仰望天空里那些闪耀的明星时，但愿还能看到最富诗意的景象。

十年风起云涌，如今历历在目。麦克阿瑟的名言"老兵不死，只是逐渐凋零"（Old soldiers never die; they just fade away.），使人感慨万千。"眼看他起朱楼，眼看他宴宾客，眼看他楼塌了"之时，但愿还有不死的老兵。当世之事，已然迷离，需要一层层地拨开雾霾，新闻纸上记录的也许只是事实的一部分。如何在变幻的时代中寻求真相？我不免想起胡适所写的条幅："做学问要在不疑处有疑，待人要在有疑处不疑。"尽管千难万难，作为掉队老兵，我仍然祈盼有志投身人物访谈的生力军在不疑处有疑，给史家做材料，为事实找旁证，留下更加多元的历史初稿。

李怀宇序于悠然居
2018年端午

第一章

经济学家
民胞物与

2017年,中国经济占世界经济的比重提高到15.3%左右,对世界经济增长的贡献率为34%左右,成为世界经济增长的主要动力。

一个国家的经济发展少不了经济学家的智慧,而老百姓更看重的,则是一个经济学家内在的良心和社会责任。民胞物与,是经济学家应该拥有的胸怀。

吴敬琏：

金融危机中，中国不可能独善其身

文 / 马国川

吴敬琏

中国最有影响的经济学家里最敢言的一位，曾经提出中国股市"赌场论"，主张维护市场规则、保护草根阶层生计，被誉为"中国经济学界的良心"。如今，88岁的吴敬琏仍在发声，和同行争辩的都是经济热点话题。念兹在兹，改革唯大，这是贯穿吴敬琏一生的话题。

编者按

　　2008年美国爆发金融危机，迅速扩展至全球，美国、日本、欧盟等主要发达经济体陷入衰退，发展中国家经济增速减缓——世界经济面临20世纪30年代以来最严峻的挑战。2008年也是《时代周报》创刊的年份。10月底，吴敬琏接受了《时代周报》的专访，强调中国要"强生健体，自求多福"，更重要的是：改变经济发展方式，通过改革实现技术效率提高这一拉动经济的增长模式。2008年11月，中国推出了"四万亿计划"。这次救市使中国经济得到了复苏，但副作用明显，中国房价自此一路绝尘。

　　"在中国经济已经深深融入全球化的背景下，中国可能独善其身吗？"面对这场金融危机，中国国内有研究者一厢情愿地认为，美国的经济出了大问题，中国可以在"西方的崩溃"中崛起了。在《时代周报》的独家专访中，著名经济学家吴敬琏对此直斥为"非常浅薄的见识"。

　　吴敬琏重申中国要"强生健体，自求多福"，并提出了中国的应对之策：短期内，要采取措施尽量稳定经济。目前的货币总量肯定不能放松；放活机制，可以重新拿出20世纪80年代的一系列鼓励支持中小企业发展的政策。而根本性的措施则是，改变粗放经济发展方式，并推动政府自身改革，把计划经济时期的全能型政府改造成为专注于提供公共产品的服务型政府。

危机还没发生，我们已出问题

时代周报：现在美国爆发了金融危机，而且正向其他国家和地区蔓延。您如何看待这场危机？

吴敬琏：这次由美国次贷危机所引发的金融危机，可以说是"冰冻三尺非一日之寒"。布雷顿森林体系崩溃之后，美元逐渐成为国际主要货币，由于美元储蓄率太低，美国为了维护经济运转，就大量发行美元，以这种方法借全世界的钱来投资和消费，维持美国居民很高的生活水平。这些美元是以硬通货的形式遍布到了全球各个范围，这形成了世界金融体系中的一个个小窟窿。在抛离黄金体系的情况下，美国货币中有相当一部分没有对应的财富泡沫也就因此形成，当泡沫破裂时，经济危机也就产生了。

实际上，全球金融系统存在的问题由来已久。国外学者关于世界金融系统出了大问题的议论，我至少听了10年。格林斯潘在担任美联储主席期间，一直运用大量发行美元的办法来支撑美国的繁荣。格林斯潘曾承认耶鲁大学席勒教授的说法，把这种繁荣概括为"非理性繁荣"。今年之前，网络泡沫的破裂已经是一次提前的预演，次贷危机是有大毛病的金融体系的一次爆发。

时代周报：面对这场金融危机，有舆论认为美国的经济出了大问题。

吴敬琏：这是非常浅薄的见识。在中国经济已经深深融入全球化的背景下，中国可能独善其身吗？

这场金融危机必然会给中国造成很大的冲击。其实在他们还没有发生危机时，我们已经出问题了。现在我国沿海地区的一些经济重镇，中小企业生存相当困难，宏观经济也存在很多问题。和东亚的其他国家一样，我们国家也采取了出口为导向的经济政策。最主要的办法就是让本国货币价格很低。同时运用政府的力量，加强关税壁垒和非关税壁垒，从而推动出口，限制进口。到了1994年外汇改革，人民币深度贬值，这时候就标志着全面转向出口导向政策。与其他采用这种政策的国家和地区一样，这种政策都无一例外获得成功。但十年二十年后，这些国家都面临一个大问题——外汇结余大幅度增加，造成本币升值的压力增加，贸易摩擦加大。

到2006年的12月，我们的外汇储备就超过了1万亿美元，位列世界第一。为了防止自己国内货币升值过快，需要收购外汇，另一方面，央行还要发行货币来平衡这部分外汇。最近几年，央行发了8万亿的货币，对应产生40万亿的购买力和19万亿的GDP。货币供应过剩，就导致了三种情况：一是资产价格上升，房地产和股票价格大幅上涨；二是CPI上升，通货膨胀；三是二者兼而有之。2003年以后，经济过热，政府不得不采取宏观调控，提高准备金率来回笼货币。这种情况东亚很多国家都碰到了。日本1986年资产泛滥，房价、股价大幅上升，1990年崩盘后18年来一直没起来。中国台湾也遇到类似的情况。

❝ 中国要"强身健体，自求多福"

时代周报：目前中国到底该怎么办？

吴敬琏：在上海的一次演讲时我提出，中国要"强生健体，自求多福"。短期内，我们要采取短期措施尽量稳定经济。一方面，目前的货币总量肯定不能放松，一旦放松，可能一时日子好过了，但产生的后果会很严重。另一方面，我们机制上可以做一些放活，20世纪80年代的一系列鼓励支持中小企业发展的政策尽快重新拿出来，重新启动中小企业的贷款和信贷担保。财税政策也可以倾向性进行一些调整；还可以做些创新。短期调节的目的是把经济形势稳住，不要出现市场急剧的崩盘，也不要出现中小企业大规模的倒闭，企业倒一些难以避免，但不能伤了元气。

但是，更根本性的措施是，改变经济发展方式，通过改革实现技术效率提高这一拉动经济的增长模式,而不是现在的投资增长模式。中国从第一个五年计划起,仿照苏联采用了依靠资源投入,特别是资本资源投入(投资)驱动经济的粗放增长模式。改革开放以后,虽然一再明确提出要"实现由粗放增长方式到集约增长方式的根本转变",但是由于命令经济的旧体制性遗产的严重阻碍,增长方式的转变始终未能取得明显的成效。在资源投入驱动的增长模式未能成功地转变的情况下,又效仿东亚国家的榜样,采取"出口导向"的国家对外经济政策,用出口需求弥补由投资驱动造成的内需不足。于是,形成了一种以投资和出口双驱动的粗放增长方式。

时代周报:这种粗放增长方式由于依靠资源投入驱动,它所造成的不良后果,首先表现为资源短缺、环境恶化问题变得愈来愈突出。即使可以靠对外贸易输入的石油、矿石等资源,也因为采购量过大而使价格飙升、成本激增。你如何看待这一现象?

吴敬琏:这种不良后果在宏观经济上的表现,则是所谓内部经济失衡,主要是投资与消费之间的失衡。

这些年来中国的投资率不断攀升,目前固定资产投资占GDP的比重已经接近50%,大大超过了多数国家20%左右的水平。即使东亚一些国家和地区在战后依靠投资拉动经济实现快速增长的时期,其投资率也远没有达到中国目前的水平(日本战后大规模投资时期的投资率峰值是34%)。在投资率畸高的同时,消费的比重却已下降到GDP的35%以下,仅为一般国家的一半左右。这种状况在近期内会造成最终消费不足,普通劳动者生活提高缓慢,居民收入差距拉大。从中长期看,投资效率下降、银行体系中潜在不良资产增加、企业财务状况恶化等,蕴藏着银行系统的系统性风险。

除了内部经济失衡外,粗放增长方式的持续所造成的另一个经济后果,是外部经济的失衡。二战结束以后,以日本为代表的一些东亚国家和地区为了克服内需不足的问题,采取了以政府主导、对国内市场进行适度保护和实现本币低估为特点的"出口导向政策",以旺盛的出口需求支持了经济的高速发展,在相当长的时间中对这些国家和地区的高速增长起了极好的支持作用。但是到了20世纪80年代后期,随着这些国家和地区外汇存底的大量增长,出口导向政策亟需进行进一步市场化(自由化)的调整。然而由于既有利益格局的限制,它们几乎无一例外地拖延了改革,反而用中央银行的干预压制本币的升值,结果造成了90年代资产泡沫破灭导致的金融大危机。中国改革开放以后,中国仿效这些国家和地区,成功地采取了"出口导向政策"来支持经济的快速增长。特别是1994年外汇汇率并轨、人民币深度贬值以后,出口导向政策的威力充分发挥出来,支持了中国出口贸易和GDP的高速增长。但是,到了21世纪初期,它的负面效应也在我国日益显现出来。我国经济中出现的若干病象,如出口数量大而附加价值低,成为"卖硬苦力"的"劳动密集型产品专业户",贸易条件恶化和盈利性降低;与贸易伙伴国之间的摩擦加剧;人民币升值压力增大,乃至宏观经济中的货币超发和流动性泛滥,资产价格泡沫形成和消费价格膨胀（Inflation,一般译为"通货膨胀"）开始显现等,都与之密切相关。如果外汇政策不能得到及时的调整,将会使整个金融系统变得脆弱,一旦遇到外部冲击,就容易引发金融市场的系统性风险。

❛ 体制性障碍还未破除

时代周报:您把经济发展方式存在问题和改革不到位以及体制缺陷联系在了一起,能否具体解释一下二者之间的关系?

吴敬琏:转变经济发展方式并不是一个新提出来的口号。早在1995年制定"九五"（1996—2000）计划的时候,就提出过要实现增长方式的根本转变。10年以后,到制定"十一五"规划的时候,又再次提出要把转变增长方式作为2006—2010年经济工作的中心内容。为什么早就提出了正确的解决办法,问题却一直没有得到解决呢？

我曾经仔细地研究过这个问题，我的研究结论是：经济发展方式难以转变的主要原因是存在着若干重大的体制性障碍，它们主要是：（1）各级政府依然保持着土地、信贷等重要资源的配置权力；（2）把GDP的增长作为衡量各级政府官员政绩的主要标准；（3）现行财政体制把各级政府的财政收入状况和物质生产增长紧密地联系起来，支出责任又过度下移，使各级政府不能不努力运用自己能够支配的资源，扩大本地经济总量；（4）生产要素和若干重要资源的价格没有市场化，行政定价通常按照计划经济的惯例压低价格，价格的扭曲使市场力量在优化资源配置上的作用受到很大的压制，同时促使生产者采用粗放的方式进行生产。

时代周报：经济发展方式难以转变还会带来一系列社会问题。

吴敬琏：对一个处于现代化过程中的国家来说，由于原始的低效经济与现代的高效经济并存和所谓库兹涅茨"倒U曲线"的作用，收入差距存在扩大的趋势，本来就是一个不能掉以轻心的问题。根据1989年来若干学者的独立研究，我国租金总数占GDP的比率高达20%—30%，每年发生的绝对数额高达4万亿—5万亿元。巨额的租金总量，自然会对我国社会中贫富分化加剧和基尼系数的居高不下产生严重的影响。

所以，目前我国存在的种种社会弊病和偏差，从根本上说，是源于经济改革没有完全到位。由此可以得出结论，扩大成就和克服缺陷的道路，在于继续推进改革，建设法治的市场经济。

❛ 推动未完成的产权制度改革

时代周报：具体来说，改革应当在哪些方面推进呢？

吴敬琏：我认为，改革的实际推进需要从以下方面作出努力：

一是实现尚未完成的产权制度改革。例如，与中国将近一半人口的农民利益息息相关的土地产权问题没有解决，农民的承包土地、宅基地资产无法变成可以流动的资本。这既使继续务农的农村居民的利益受到损害，也使转向务工、务商的新城市居民安家立业遇到困难；而且，由于农民不掌握土地所有权，就使得城市官员和农村干部能够任意以"国家利益"的名义征用农民的土地，用以牟取暴利，而置"失地农民"的身家性命于不顾。

二是继续推进国有经济的布局调整和完成国有企业的股份化改制。当世纪之交国有经济改革取得阶段性成果，应当进一步对国有大型企业改革进行攻坚的时候，改革的步调明显放缓，在股权结构上"一股独大"和竞争格局上"一家独占"的情况没有得到完全的改变。党的十五大和十五届四中全会关于国有经济和国有企业改革的决定必须贯彻。

三是加强商品和服务市场的反垄断执法和资本市场的合规性监管。对于目前在商品和服务市场上仍然存在的大企业垄断的情况，必须采取有力措施加以破除。在资本市场上，被称为"政策市""寻租市"的不良状况并未得到根除。各类"内部人"利用信息优势和内幕交易及操纵市场等犯罪活动损害民间投资人的利益，大发横财的情况也多有存在。因此，必须端正思路，选好手段，加强合规性监管，促进我国资本市场的健康成长。

四是建立新的社会保障体系。1993年中共十四届三中全会决定，建立全覆盖、多层次的新社会保障体系。可是十几年过去了，由于遇到了政府内部的重重阻碍，这项极其重要的社会基础设施至今还没有建立，使弱势群体的基本生活保障不能落到实处。其建设进度必须加快。

五是政治改革必须加快。党的十五大提出建设社会主义法治国家和党的十六大提出发展社会主义民主政治以来，时间已经过去了多年。必须从建立法治起步，加快我国政治体制的改革。通过法治建设在各种权利主体之间正确地配置权利，规范政府的行为，保护公民的基本权利不受侵犯。在此基础上逐步扩大民主，强化民众对政府的控制与监督，才有望稳步地实现民主和法治的目标。

❛ 建设支持市场机制的法治环境

时代周报：根据30年的经验，经济改革和政治改革能否顺利推进，关键在于政府自身。

吴敬琏：所以，要继续把计划经济时期的全能型政府改造成为专注于提供公共产品的服务型政府。这就需要政府官员出于公心，割舍那些与公仆身份不符的权力。政府改革的任务，不仅是要减少和消除对资源配置和价格形成的行政干预，使市场机制有可能发挥基础性作用；更艰巨的任务，在于建设一个能够为市场机制提供支持的法治环境。没有这样的制度平台，就难以摆脱规则扭曲、秩序紊乱、官民关系紧张的状态，难以使经济和社会生活进入和谐稳定的正轨。

时代周报：看来，改革仍需过大关。

吴敬琏：是的，改革仍需过大关。好几代中国人为建设一个富裕、民主、文明的中国而努力奋斗过，然而屡屡遭遇挫折，未来的道路也不会平坦。由于我国缺乏民主、法治传统和文化积淀的历史惯性，实行民主法治势必遇到障碍与阻力。在刚刚开始的新阶段中，我们必须克服可能出现的种种障碍，把建设富裕、文明、民主、和谐中国的伟大事业推向前进。

（原载《时代周报》2008年10月30日试刊第一期）

厉以宁：
改革下一站是城乡一体化

文 / 王晓帆

厉以宁

在中国改革开放40年的征程中，厉以宁作为经济学家的地位不可忽略。他对中国经济改革最大的贡献，是在上世纪80年代改革开放初期提出中国要积极引进企业股份制度，"厉股份"外号由此而来。今时今日，88岁厉以宁最担心的事情是：改革太慢。

第一章 经济学家 民胞物与

编者按

> 厉以宁接受《时代周报》记者专访时，中国站在改革开放30年的时间节点上，同时面对席卷全球的金融危机。他把经济非均衡的现实看作是分析中国经济问题的起点，同时认为是经济非均衡的现实决定了中国当前改革路径和方式的选择。10年后再回望，厉以宁如此评价当年的4万亿计划：追，GDP要追上去。大量的投资果然也上去了，但是后来不也就下来了吗？所以说结构不调整，上去也是短时的，最后造成的是生态破坏、资源枯竭，并且技术落后了，效率低、产能过剩，还耽误了结构调整和继续创新的机会。

2008年是改革开放30周年，在这年的年底，厉以宁用一个经济的非均衡分析框架，对改革开放30年进行了回顾和展望。交谈之间，他言辞锐利，逻辑严密，谈到兴奋之处他眼中不时闪现出热切的光芒，他的言语与神情活生生地注解了什么叫"理性的理想主义者"——时刻仰望着山巅，同时无比地清楚自己所处的位置与山巅之间的距离。

"经济发展不均衡是一种现实。我们希望能达到均衡，但实际上经济均衡不能以均衡发展的手段来获得！"面对记者的提问，厉以宁说得最多的词是非均衡。他把经济非均衡的现实看作是分析中国经济问题的起点，同时认为是经济非均衡的现实决定了中国当前改革路径和方式的选择，但是，他告诉记者，改革就是向经济均衡发展这个理想不断地靠近与追寻。

❝ 改革就是从第二类非均衡向第一类非均衡过渡

时代周报：今年是改革开放30周年，不少人都在今年对改革进行了回顾，您如何来评点这30年的历程？

厉以宁：当前的改革就是从第二类非均衡向第一类非均衡过渡。

我曾经说过，改革"以平衡为分析的出发点，但不以平衡为必然达到和必须达到的境界"。之所以这样说，是因为我国经济改革的出发点是不平衡的。如果我们设想一个从无到有，一切都从零开始的基础，那么我们可以平衡发展。但这个前提不成立，无论是从1949年，还是1978年，都是一个不平衡的出发点，因此必须用不平衡的发展才能来补救，所以中国应该是不平衡增长。

我们最后还是要以平衡作为目标。我说的"平衡非目标论"，是指"近期"的发展来说的，但是如果把周期放得很长很长，最后还是要走向平衡的，长期肯定是要平衡的，否则会出各种各样的问题。这是经济发展短期和长期的问题。长期要将非均衡程度逐渐缩小，真正做到平衡是不容易的，我们就不断地接近它。

时代周报：您一直强调市场主体的重要性，这是您坚持改革要从所有制改革入手的原因吗？

厉以宁：确实是这样。中国的改革为什么要从所有制开始，而不是单纯改革价格体系？主要是因为中国没有市场主体，计划经济下没有真正的经济主体，企业不是真正的企业，只是行政的附属物，所以这种情况下一定要进行产权改革。产权改革就是明确产权，确立市场主体的地位。理论上说就是要给社会主义市场经济先塑造一个微观经济基础，如果不塑造微观经济基础的话，市场经济就是一句空话。没有微观经济基础的话，光价格改革是不行的。

另外，从改革的技术层面来看，所有制改革，从方式上是可以渐进的，因为我们可以分期分批试点。试验一批，推广一批，一步步来，这样就有不断向前进展的可能性。而价格改革是全局改革，是不能试点的。正因为不能试点，万一出差错，全盘倒退，又回去了，又回到发票证的时代。

现在，从确立市场主体地位的角度来看，我们还处于第二类非均衡向第一类非均衡的过渡之中。因为，尽管国有企业改革方面取得了很大的成就，主要的成就表现于大部分企业通过股份制改造，逐渐成为真正的市场主体，但是还有三个问题没有解决：第一，行业垄断相当严重。第二，国有企业中大部分还是非流通股，由政府掌握，董事会没有成为真正意义上的董事会。第三，民营企业受到的限制很多，缺乏公平竞争。

这表明，企业改革还要进一步加强、深化，所以现在还不能说已经过渡到第一类非均衡状态了，只是第二类非均衡已经向第一类非均衡走了很长的路，但还有很多工作要做。比如，城乡二元体制下，农民办企业，农民难以获得平等的企业家地位，受到二元体制的限制。

改革城乡二元体制

时代周报： 您认为改革的下一步重点是什么？

厉以宁： 计划经济有两个支柱，国有企业体制之外，还有城乡二元体制。

今天，改革城乡二元体制，已经成为结束计划经济体制、完善市场经济体制的迫切任务。城乡户籍制度是城乡二元体制的主要标志，但仅仅走向城乡户籍一元化，还不足以消除农民进城和加速城镇化的体制障碍。我们还需要在承包土地的使用权流转、宅基地的置换、城市户口政策的开放、农村金融的活跃等方面加大改革的力度。

至于价格体系改革，我认为很重要，最近对于价格改革的呼声是比较高的，我也持相同的观点。但是，当前价格体系改革已经不算是改革的难点了。因为，企业有活力了，价格改革就顺理成章了。产权改革以后，价格理顺就是首要任务，因为市场主体有了之后再管制价格就阻碍企业的发展。问题集中在三个价格：第一是粮食价格；第二是石油价格；第三是电价。最要紧的是这三个，当前迫切要做的就是抓紧现在的最好时机，该放就放。石油价格现在该降低了，赶快放；为了帮助农民，粮食价格赶快放，收购粮价增加1毛钱太少，有什么用？粮价太贱了，农民谁愿意种地？

应该这么讲，第一要保持中国经济的可持续发展，价格问题一定要理顺，不然不利于节约资源。电价过于便宜，人们为什么要节约？所以，走资源节约的道路，首先要理顺资源价格。第二，城乡二元体制下要大力提高农民收入，而这需要粮食价格必须首先理顺。

总之，在产权改革之后，价格改革就提到重要位置上来。我从来不反对价格改革，而是认为价格改革不是出发点。

市场需要外在调节

时代周报：既然经济的非均衡是常态，那么外在的调节就变得是必需的了，是不是可以这样理解？

厉以宁：我认为市场经济存在三种调节的力量。市场调节是第一次调节，政府调节是第二次调节，第三次调节，就是道德力量调节。市场调节有着四个局限性：第一是无法调节个人收入分配；第二是无法消弭地区差别；第三，有些领域是社会效益大而经济效益小的，市场调节无法向这个方向倾斜；第四，宏观经济运行的波动，市场调节对此难有作为。因此，政府参与调节经济，使之协调，是有道理的。

在美国30年代大萧条以前和以后的资本主义经济是不一样的，凯恩斯主义的盛行让政府参与经济调节有了理论基础。因此，无论救市也好，调整利率也好，政府对市场的调节都是必要的。美国那个因为政府的救市计划大喊"我们难道是社会主义了吗"的参议员显然是多虑了。

美国金融危机中反对政府救市主要是因为存在两个分歧。第一个分歧是要不要救，银行家自己闯的祸，干吗要纳税人去埋单？这个观点是不对的，美国政府的考虑是救市而不是救银行家，是救美国经济，顺便把大老板们也救了，要是不救，纳税人更遭殃！第二个分歧是怎么救。不少人认为，要救市就要重新构造美国的金融制度，从体制上重新改革。这些话都对，但不是当前急需。就好像一个人急救送医院了，赶快打强心针。该救市，而且要急救，那些需要长期改革的措施回头再说。

不过，要看到尽管政府调节经济是一种必需，但是在计划经济和市场经济下两者的指导思想有着重大区别。计划经济体制下政府调节的指导思想是只要政府能够做的都由政府做，现在有一部分放开由市场调节，是因为政府今天力量还不够，将来力量够了政府还要管。市场经济下的政府调节的指导思想是，凡是市场能做的都由市场做，市场做不好的、做不了的，才由政府做。这其间的区别是非常大的。

公平与城乡一体化

时代周报：在经济非均衡的现实之中，如何实现公平？

厉以宁：对于公平，我有四点看法。

第一，公平不等于平均。在我看来，实现共同富裕才是最大的公平，而计划经济下人人贫困，是不公平的。因此，市场经济下有可能做到公平，计划经济是做不到公平的。第二，生产要素能够充分流动才是公平的，因为这体现了机会均等。第三，收入保持合理差距，而这个合理差距是根据劳动者提供生产要素的质量和数量来决定的。第四，政府必须处在服务者的地位，而不是利用权力去寻租，寻租就是利用权力干扰分配。

公平是共同富裕，因此，社会保障制度在促进社会公平方面就显得极其重要。我个人认为改革的三个主要遗憾，其中一个就是由于当时种种问题，财政困难或者其他原因，社会保障制度推行得极慢。我说遗憾，是因为这个问题被推进得晚了，实施得慢了，不过，我们国家现在开始越来越关注这个问题了。

现在，财政方面的困难慢慢地解决了，因此社会保障制度最难的一点就变成城乡统筹了。解决这个困难必须通过城乡一体化，建立新的城乡一体化，就包含了社会保障的一体化。当然，全国一盘棋很难，不过我建议至少每个省在省内可以先搞，因为这个是可以试点的，至少一个省内可以试点统筹，比如在广东省内在几个贫困县进行试点，集广东的力量来试点，是有可能成功的，成功了再推广。

❛ 当前就业难不可接受

时代周报：在目前这种经济非均衡的情况下，您认为当前就业难的问题是可接受的吗？

厉以宁：不可以接受！我在改革初期就提出中国转型发展的三个基本命题。其中，第二个命题就是：转型发展时期的失业问题相比于通货膨胀问题应居于优先的地位。

失业问题从来是中国的大问题。第一，中国13亿人口，怎么保证人人有工作，这是个重大问题。第二，就业是跟社会稳定联系在一起的。第三，就业本身包含着人的素质的提高。

另外，就业问题还会影响到城乡一体化改革的进程。城乡一体化，农民就要进城，但是进城找不到工作怎么办？就业问题不解决，城市化速度将放慢，农民收入提高将受损，社会就不安宁。社会最怕的是出现绝望的阶层，如果他3年找不到工作，他一定绝望。

"非公三十六条"出台前我们到深圳来调研，下岗的人说："给我一个工作比什么都好，发给我救济我能找到对象吗？给我个职业我就能找到对象。"

时代周报：垄断是经济非均衡的重要原因，但是即便是完善的市场也会产生自然垄断，能不能谈一谈这个问题？

厉以宁：我现在不提自然垄断，自然垄断是难免的，不能归入到市场的不完善，比如核能、石油和黄金等就必须垄断。垄断问题，现在最要紧的是行业垄断。行业垄断打破了自由竞争、公平竞争的格局，这是最大的问题。行业垄断是靠行政支持维持，涉及领域准入问题，比如商业银行法，规定资本10亿可以办银行，你可以申请，但不批准。消除行业垄断需要放开领域准入。西方国家进入行业是备案制，你达到标准就可以登记，但是在我国很多还是审批制，和上面说的一样，你可以申请，但我不批准，你能怎么办呢？打破行业垄断的动力有从上而下的，也有从下而上的。当经济发展之后，越来越多的经济主体具备了行业进入的条件，这就会产生一种行业开放的呼声，对领域禁入产生压力。

所以，关键是领域准入问题。"非公三十六条"一开头就讲领域准入，法律不禁止的就可以准入，宁愿把门槛定高一点，但不能不让进。

民营经济不违法经营就行

时代周报：您刚才说到一个法律不禁止就可以准入的问题，在最近您曾经说过，民营经济应该说不违法经营就行。这是您认为当前法律制度对经济发展造成约束了吗？

厉以宁：我当时是说"民营经济应该说不违法经营就行，不要提民营经济要合法经营，民营经济不违法经营跟民营经济合法经营区别非常大"。当然，合法经营的说法没有错，但是要注意到两者对于企业的义务规范的区别是非常大的。

在合法经营的提法下，企业的行为完全在法律的规定之下，企业的任何创新甚至经营行为都需要自证其合法性，这样一来，企业尤其是中小企业一方面很难具备专业的法律知识，它很难知道也很难证明自己的行为的合法性，更加重要的一方面是，这样极大地压制了企业的创新精神。

用法律来规范经济行为，是政府调节经济的一种重要手段。前面讲到过，计划经济体制下的政府调节经济是只要政府能够做的都由政府做；市场经济下的政府调节的指导思想是，凡是市场能做的都由市场做，市场做不好的、做不了的，才由政府做。如果仔细体会，可以发现，民营经济要合法经营的提法的思想渊源其实来自计划经济体制，政府想把民营经济"管"起来。

权力机构对于企业的法律法规上的管理，要实行"无罪推定"，只要法律法规不禁止，企业就可以干，同时企业无须自证其行为合法，证明企业行为是否违法、违规，是司法、政府的责任，是检举方的责任。政府应该明确企业不能做什么，而不是规定企业只能做什么。

（原载《时代周报》2008年12月15日第4期）

第一章　经济学家　民胞物与

刘元春：
供给侧改革窗口期只有两年

文/刘　巍

刘元春

新一代经济学人的代表，现任中国人民大学副校长，研究领域为开放宏观经济学。中国经济进入新周期以来，刘元春预言诸多，活跃度甚高。经济，经国济世，时代需要新一代的经济学人走向前台，为中国经济改革继续发声。

编者按

  2016年，供给侧结构性改革成为中国经济的高频词。新年伊始，《人民日报》刊发权威人士的《七问供给侧结构性改革》系列文章，释放最强的供给侧改革信号。文章以"当断不断，必受其乱"的严肃措辞突出了改革的决心，并强调若只是为短期经济增长实行刺激政策，必然会继续透支未来增长。

  年关渐近，又到总结得失的时候。

  1月19日，国家统计局发布数据，经初步核算，2015年中国国内生产总值（GDP）676708亿元，按可比价格计算，比上年增长6.9%。这一数据公布前后，对中国经济2016年、2017年增长的关注和讨论的热度达到巅峰。从国内各大论坛到冬季达沃斯，全世界都在关注中国这一过去30年来的巨型经济增长引擎未来两年的表现。

  尽管国内多数经济学家都认为，中国经济会在2016年或者2017年触底反弹，但悲观的预测亦有，认为未来五年中国经济增长仅有5%甚至更低。

  就在国家统计局发布2015年GDP数据的前一天，也即1月18日，中共中央总书记、国家主席、中央军委主席习近平在中央党校省部级主要领导干部学习贯彻十八届五中全会精神专题研讨班上指出，中国经济面临一些新情况新问题，经济发展面临速度换挡节点、结构调整节点、动力转换节点。

"在2015年，宏观经济结构的很多方面已经发生了重大变化，取得了初步的成果。但同时，还面临着很大的一些挑战：传统的产业产能过剩问题的凝聚，新兴产业虽然仍然呈现出高增长态势，但是要完全替代旧产业还需要一定的时间。"对于习近平总书记为何在2016年年初提"速度、结构、动力"三大关键词，中国人民大学经济学院副院长刘元春在接受《时代周报》记者采访时这样解读。

刘元春认为，在宏观政策把握好的前提下，中国经济增长完全有实现6%～7%的中高速增长的潜力。但他同时认为，宏观政策本身也是决定一个经济体增长潜力的重要因素。对于2016年、2017年的中国经济来说，强调这一点似乎显得尤为重要。

除了对中国未来的经济走向持乐观态度之外，刘元春对近期引起经济学界热议的供给侧结构性改革亦有比较深入的思考。

"供给侧改革的窗口期，只有2016和2017这两年。"刘元春说，"整个中国经济体的改革进程正与债务扩散、企业盈利能力变化等因素赛跑。"供给侧改革的"窗口期"这个说法，源自于2016年新年伊始时，《人民日报》刊发权威人士论经济的《七问供给侧结构性改革》一文。权威人士指出，在推进供给侧结构性改革过程中，要勇于做得罪人的事，否则过得了初一过不了十五，"结果延误了窗口期"。

刘元春认为，2016年稳增长压力确实很大。因为外部冲击加大，内部还要进行供给侧结构性改革——要清除僵尸企业，要对很多债务进行清理。如果要淘汰过剩产能，很多的企业都要关闭，产生大量的下岗职工。因此今年是遭受内外夹击的一年。

刘元春说，2016年经济增长的底线有3条：第一，是不能出现大规模失业潮；第二，政府的运转要保持相对稳定——过度的增长下滑会导致财政过度下滑；第三，各类企业不能够因为债务的过度清理，导致支付危机和流动性危机。

"稳增长"是今年宏观经济调控的核心目标

时代周报：你如何理解习近平总书记强调的"经济发展面临速度换挡节点、结构调整节点、动力转换节点"这三个"节点"？

刘元春：速度换挡节点，是指从过去的一个高速增长向中高速增长的平稳转换。2016年，面临经济增长速度转换过程中的下行压力加剧，原因就是我们所看到新时期力量和周期性力量的叠加、内需力量和外生性力量在叠加，而传统性力量和改革性的因素也在变化。

因此，"稳增长"会是2016年宏观经济调控的一个核心目标。但是这个"稳增长"不是简单的速度的稳，而是要让整个国民经济的增长处于一种相对可控的状态。

结构调整，指的是中国面临的从过去这一个传统的增长模式，即传统的粗放型的增长模式，向盈利性增长模式进行很大的转换，这个转换实际上从2008年已经全面展开。

国家把这一调整作为目前"十三五"规划的核心问题——当然，在"十二五"期间也涉及了稳增长、调结构，也作为一个很重要的核心。

目前我们看到，2015年，宏观结构的很多方面已经发生了重大的变化，取得了一些初步的成果。但同时，还面临着很大的一些挑战：传统的产业产能过剩问题的积聚，新兴产业虽然呈现出高增长的态势，但是要完全替代旧的产业还需要一定的时间。

因此，2016、2017年将成为结构调整的一个重大的攻坚时期。

对于动力的转换这一点，我们会发现，全球化红利、工业化红利、制度红利，以及我国的人口红利都出现了递减的态势——而新的工业结构还没有完全展现，这一块围绕工业结构所面临的任务很艰巨。我们要用"创新"来构建新的工业结构。围绕创新已经展开了很多的工作，党的十八大提出了创新驱动战略，同时通过人口增加的调整和人才战略的重新定位，来培育人力结构为主体的人口红利。

但目前很重要的情况是，新的增长动力还不能完全匹配新的增长需求，呈现小马拉大车的增长状况。因此创新协调上还需要进一步做工作。

潜在增速能维持在6%～7%

时代周报：冬季在世界经济论坛达沃斯年会上，纽约大学斯特恩商学院教授、"末日博士"鲁比尼表示："到2020年前，中国潜在GDP增长率不会高于5%。中国经济会颠簸式着陆，市场也会慢慢恢复平静。"你如何看待这一说法？

刘元春：这个说法只是一家之言，没有科学依据。"潜在增速"，从理论上来讲只是事后测算的产物，很多这类预测，特别是对中国的预测往往是不准确的。历史上，比如1997年、1998年，很多国际学者也认为中国的潜在增速就是在7%，但是我们新世纪的平均增速10%，打破了这些预期。

围绕着中国改革的情况来调整经济，那么我们的潜在增速完全能够维持在6%～7%这一合理区间上。因此，潜在增速的高低不是先验判断，而是随着一个国家的资源禀赋，随着制度安排以及宏观政策的调控，形成的内生性的产物。从中国的历史经验和目前中国经济的发展阶段和发展空间来看，过高或者过低的估量中国潜在增速都是有问题的。

在政策制定中，也不能简单地按照这种在理论和逻辑上依然存在很多问题的预测作为标准。

时代周报：对中国来说，政策会如何影响潜在经济增速？

刘元春：如果政策把握不好，导致经济出现比较大的下滑，潜在增速很可能在危机的冲击中下降，使得一次短期冲击变成一种长期性的损失。

如果政策上把握得不错，比如说在资本积累上、在人力资本或者协调配置上,以及在技术创新的激励上,都做得不错,我们就会发现国内资源利用效率提升,技术创新会进一步发挥它的作用。也就是说,潜在增速虽然是一个中长期的效应,但是如果我们在短期内不作为,短期有效需求出现短缺,市场出现紊乱,那么它必定会导致中长期的供给下降,从而导致潜在增速下滑,这样中长期经济会非常萧条。

所以我们一定要在短期内有所作为,扎扎实实地按照目前的结构、特征规律、问题来出台政策,来解决我国经济的问题。

时代周报:你对今年和明年的经济增速有何预期?

刘元春:今年经济可能还会有较大的下滑压力。我们预测GDP增速会在6.6%左右。2017年经济增速有可能还会继续放缓。但是否会真的放缓,要取决于几大因素:第一,新生经济体动荡到底要持续多长时间;第二,供给侧结构性改革进展的程度和深度。如果经济相对稳定、供给侧改革在今年运转得还不错,那2017年经济探底将会趋缓,到2017年末出现一个小幅反弹,步入复苏期。

❝ 2016年是内外夹击之年

时代周报:2016和2017这样两个特殊年份,宏观政策是否比其他年份更重要?

刘元春:当然。宏观政策主要是以解决短期波动为主,而供给侧结构性改革是针对资源配置效率和全要素生产率的,两者不能截然分开。

2016年面临的第一个问题,是经济短期能不能相对稳定,避免出现局部或者全局性风险,和系统性配置资源的问题,这是很重要的。

第二个是我们要在稳定基础上,要稳中有进,稳中有创新,稳中调结构。也就是说供给侧结构性改革能不能全面推进,我们的五大战略任务(即去产能、去库存、去杠杆、降成本、补短板)能不能如期推出,并且取得成效。

所以供给侧结构性改革有前提条件，宏观要稳，社会要托底，这些都很重要，但首先是要稳增长，不要出现大规模失业，不要出现系统的风险。强调底部管理，都保持在区间上合理就可以了。

时代周报：2016年稳增长压力是否非常大，中央还有足够的政策工具吗？

刘元春：稳增长压力确实很大。主要原因是外部冲击加大，内部还要进行供给侧结构性改革——要清除僵尸企业，要对很多债务进行清理。如果要淘汰过剩产能，很多企业都要关闭，产生大量的下岗职工。因此，2016年是一个内外夹击之年。

目前来看，宏观政策方面已经确定三条：第一是积极的财政政策要出台；第二是中央推出灵活的货币政策；第三就是宏观的监管要全面发力。几个方面都是要配合相应目标的，即几大政策来配合五大攻坚战。

时代周报：2016年经济增长的底线是什么？

刘元春：第一，是不能出现大规模失业潮；第二，政府的运转要保持相对稳定——过度的增长下滑会导致财政过度下滑；第三，很重要的一点，各类企业不能够因为债务的过度清理，而导致支付危机和流动性危机。

同时，在企业中间，一方面要把"肿瘤"切除掉；另一方面，顶层管理要更多从社会角度，从宏观经济的持续运转角度判断，而不是简单地从制度角度来判断。

供给侧改革窗口期就只有这两年时间

时代周报：前段时间权威人士接受《人民日报》记者专访时指出，供给侧结构性改革是有窗口期的。我们应该如何理解这个"窗口期"？

刘元春："窗口期"是指，如果经济再下滑，如果问题再拖延，可能导致整个经济出现更严重的问题。

窗口期的时间，我认为就只有2016、2017这两年。中国经济目前是跟债务扩散、跟企业的盈利能力在赛跑，如果你这个债务状况越糟糕，导致经济运行动力越来越弱，那么问题就很严重了。所以要及时把"僵尸企业"清除，因为"僵尸企业"耗费大量资源，成为经济运行中一个很大的障碍。

按照目前改革的进程来看，很多改革并不是说改就能改，必须有一个恰当的时机——中国在改革上往往要遵循一种规律。如果企业利润发生一些变化，比如2015年企业利润负增长，或者政府收益出现负增长，这个时候我们就发现改革的阻力没有原来那么大了。

很多"僵尸企业"原来是在地方保护主义的作用下生存。在2016年、2017年GDP逐渐接近底部这样一种状况，大家就会发现，这个时候来进行清除"僵尸企业"，会获得相对好的效果。而如果在企业还有一些盈利时就去改，大家会发现他们抵制性很强。

时代周报： 实体经济和金融业，哪个是决定供给侧结构性改革成败的更重要的行业呢？

刘元春： 都很重要。供给侧结构性改革是一个体制性问题，不是简单的哪个行业性的问题。

首先，体制内要作出一些调整；其次，要对一些债务进行清理，再在产能过剩很严重的行业去产能。时常被强调的去产能、去库存、去杠杆、降成本、补短板，也即"三去一降一补"，其中"一降"涉及很多部门，先涉及税收、金融，涉及我们的流通体系七大领域，都要进行降低；"一补"是补短板，就是在风险控制中要注意我们短板。

这是一个系统性的工程，不能够把供给侧结构性改革看做对生产企业来做的，实际上它不是一个局部性的改革，而是一个全局性改革。

（原载《时代周报》2016年1月26日第372期）

第一章　经济学家　民胞物与

钟伟：
债转股是非常昂贵的选择

文/刘　科

钟伟

现任北京师范大学金融研究中心主任。钟伟敢说。博客时代，他曾在网上意气风发书生议政。钟伟是一个怀疑主义者：坚持立场，警惕权威，与大众保持距离，相信自己的思考力量。

编者按

2016年，曾是上世纪末国企改革重要工具的债转股卷土重来。2016年10月，国务院发布《关于市场化银行债权转股权的指导意见》。对此，金融界和产业界的态度冷暖不一：钢铁、化工等产业如盼春雨，以为此举将"一石三鸟"，盛宴开启；以银行为主的金融界眼看贷款本息难以收回，做股东实属无奈。

随着经济和金融体系内在联系日趋紧密、传导不断深化，中国经济积累至今的各种局部失衡和隐患正在显现。2016年4月以来，包括快鹿、中晋在内的多个互联网金融平台爆发危机。另一个值得注意的苗头是：困扰着各家商业银行的不良贷款，正在加速扩散，就地域而言，已经从江浙等沿海地区，向中部、东北等地区扩散。

近两年国内经济低迷，国内企业的盈利状况日益恶化，而企业负债状况却在攀升。而据财新报道，中央允许商业银行开展"债转股"的试点，债转股首批试点规模为1万亿元。

2016年4月9日，《时代周报》记者就互联网金融、商业银行不良率、债转股、供给侧改革等热点话题，专访了金融研究中心主任、中国经济体制改革研究会研究员钟伟。

合规下的快速创新会累积系统性金融风险

时代周报：去年年底以来，国内出现多起互联网金融领域骗局，近期又有快鹿、中晋等互联网理财平台出事，暴露出金融监管能力的不足。你认为互联网金融平台"出事"的风险是否还会增加，应该如何在金融创新之中防范金融风险？

钟伟：所谓的互联网金融机构有其特性：第一，经营的范围更隐蔽和广泛，更难监管；第二，资本游戏的味道比较浓，往往不以盈利作为第一目标，当客户积累较多时，投资人往往通过场外股权的转让实现退出；第三，互联网金融机构不太在意监管套利及风险管理，往往轻易突破传统金融的生命底线。因为这三个原因，互联网金融机构处于监管空白。

这两年互联网金融的急剧发展、混乱与调整，乃至近期多家平台出现问题，暴露出互联网金融机构乃至商业保险公司尤其是寿险公司，包括以万能险投资为主的企业利用高利息、隐蔽的夹层融资杠杆等操作可能面临的问题。

这两年理财产品爆炸性增长，我估计中国理财产品的总额目前接近30万亿，2016年以来又新增了近4万亿规模的理财产品，这个增速太快了。理财产品对接的互联网金融、保险公司股权的运作就很危险。

这反映出金融创新并不是我们想象的那样，金融创新如果因为线上与线下法律不一致而逃避监管，不以严格风控为第一目标，以资本游戏为目的，那么金融创新就不是创新，而是投机。由于监管跟不上、制度跟不上，市场在所谓合规下的快速创新，就是在不断累积系统性的金融风险。

时代周报：近期2015年银行业年报发布，五大行的业绩下滑态势明显，工中建农四大银行净利润增速总体低于1%，如中行利润增速跌至0.74%，建行利润增速仅为0.14%；另一方面，不良率迅猛上升，截至今年2月末，商业银行不良贷款余额近1.4万亿元，比年初增加1200亿元，其中农行不良率高达2.39%。你怎么看待银行业的这种衰退?

钟伟: 商业银行是实体经济的照妖镜。在宏观经济下行和实体经济没有起色的态势下,商业银行不良率就还会持续增加,盈利能力还会弱化。现在还不是中国银行业最糟糕的时候,只是商业银行不良率从过去的较隐性到逐渐显现,我认为一些银行的资产恶化还会延续一段时间。

评估商业银行的资产不良率,要考虑多方面因素。通俗讲,商业银行的不良率,暴露一半,藏一半,也就是说,商业银行的真实不良贷款率要比数字披露的高,较账面不良率几近翻倍。我认为商业银行的真实不良率在4%左右。

未来商业银行的不良率还会持续一段时间,例如中国经济增长在2010年下半年到达一个转折的关键节点,而银行的不良率到2012年还在继续的"双震"当中,也就是,商业银行的不良率是比实体经济滞后的一个指标。

研究商业银行的不良率,可以研判未来的趋势,未来两三年银行业的大致格局是,整体利润零增速,业绩分化加剧,不良率还会延续。

❛ 债转股面临着巨大的道德风险

时代周报: 在债务压力之下,近期市场消息,多部门正在酝酿开启一轮新的债转股,首批债转股规模约1万亿元,分三年实施。对此你怎么看?

钟伟: 1998年国内曾经实施过债转股,相当一大批国有企业扔掉了债务包袱,这十几年国有企业的迅速发展,并未根本改变其体制弊端,效率低下、靠垄断经营的特质并未改变。

本轮债转股跟1998年实施的债转股不太一样。首先是救助的对象不一,1998年债转股的救助对象是陷入困境、面临破产的企业为主,本轮的救助对象主要是有市场潜力、短期市场较困难的企业;第二,1998年债转股救助对象是以金融机构为主，本轮救助对象以实体企业为主；第三，1998年债转股以行政指令为主，本轮债转股突出的是市场化。

分三年实施1万亿左右的债转股，实际上对企业降杠杆的作用非常有限，1万亿的总量实际降低企业债务率大概不到2个百分点。

实际上，债转股可能引发的问题有很多，有关部门出于多种考虑，"以时间换空间"，将会倾向于对大而不能倒的企业采取债转股，这会让风险越积越大。比如一家企业拖欠了银行等债权人的款项总计200亿人民币，企业已经资不抵债了，2014年和2015年都出现严重亏欠，有四五十亿，这样的企业你很难说它面临的只是暂时的困难。另外，有关部门和市场有必要对债转股是否会用于延缓僵尸企业出清保持警惕。

债转股是非常危险的。对于企业面临困境或破产，这个企业股东有着不可推卸的责任，突然把债权人拖进来变成新股东了，这对于原本有着经营过失责任的企业经营者是一种逃避行为。如果同行业的不同企业，实施债转股的企业占了便宜，而对于没有债转股行为的企业，就吃亏了，这就有悖企业的公平竞争。所以，债转股所面临的道德风险十分巨大。

对债转股我的整体评价是：实施对象是不明确的，对企业降杠杆的效果是有限的，而且会引发更多的问题，对政府来说，是非常昂贵的选择。

时代周报：从今年5月1日起，营改增试点范围将扩大到包括服务业、金融业等领域，适用6%的税率。金融业推行营改增的目的是什么，有什么困难，未来将会带来什么影响？

钟伟：营改增改变了中央与地方的税收关系，税源向中央集中，地方政府在财税来源上基本"瘫痪"，主要依靠中央政府的财政转移支付。伴随着经济下行，地方财政收入结构发生变化：非税收入大幅增加、居高不下，税收却在不断降低，地方非税收入增长过快、占比过高意味着不合理收费多，企业的隐形负担在加重。

营改增的目的主要是减税,我个人有其他想法。具体到金融业(以银行业为主体)推行营改增的目的,是要实现税收中性原则,避免重复征税。目前,银行业的整体税负之所以偏重,主要原因就在于银行业的计税营业额大部分并非以净价征收,比如以利息收入为计税基础,利息支出不作抵扣。金融业包含银行、保险、证券、基金等多个行业,业务构成复杂。目前,中国金融机构盈利水平在下降,资产不良状况在恶化,外围和内部的困难在加剧。推动金融机构的营改增需要改革到位,如果不到位,对金融业会产生不利的影响。

❛ 供给侧改革需要改进政府公共服务职能

时代周报:实施供给侧改革的核心是什么?金融业能做什么?

钟伟:供给侧改革蕴含的经济思想很朴素,理解它的核心就是抓住供需匹配。在一个运行良好的市场上,实现供需两端产品或服务的数量、结构和层次的总体匹配,这样需求侧能以合适的价格,购买到需要的东西;供给侧可以适当的盈利水平,把东西卖给需要的对手方。目前中国处在供需错位的矛盾格局下,一方面在产业结构、低端产品上存在大量过剩,另一方面,国内需求提升后的高质量消费需求得不到满足。

供给侧改革,表达出政府不想太多从需求侧频繁搞刺激——目前,需求侧并没有明显地缩减。供给侧改革的成效还待将来观察。

供给侧本身的问题是,市场的供给能力没有问题,而政府的制度供给能力是最大短板。如果供需不平衡,供应体系不能创造出价廉物美的物品和服务,一定不是市场经济失灵,而是政府的体制供给、公共产品和服务失灵了。我们可以看到,包括小家电和房地产在内的产品,都是产能过剩的。供给侧的短板包括比如环保、教育、医疗这些公共产品的缺失。所以,供给侧问题的核心不在企业,而在改进政府的公共服务职能。

在国内的讨论中，提出创造公平竞争的市场环境，改善资源配置效率、促进创新、保证政策效果是个重要问题。

真正有效的供给侧政策，应该包括：推动国有企业的适当收缩，适度缩减国有经济的规模。有些国企对市场的反应太迟钝，甚至有时候与市场的选择背道而驰，阻碍了市场创新，所以需要推出混合所有制改革，降低国有股权在经济中的占比。

还需要适当减少稳增长政策，如果把握不好，稳增长政策在一定程度上会妨碍和推迟结构转型；再就是不应过度依赖宽松的财政或者货币政策，这些宏观调控政策并不能改变资源配置效率。如果不包含这些要素，供给侧改革很可能会落入过去的政策怪圈。

（原载《时代周报》2016年4月12日第383期）

樊纲：
上次产能调整八年，这次不会短

文 / 刘 巍

樊纲

经济学领域"京城四少"之一，中国人民银行货币政策委员会委员。他是西方经济学在中国的出色的理论阐释者，以《现代三大经济理论体系的比较和综合》奠定其在中国经济学界的地位。虽以宏大的经济理论体系见长，但樊纲近期引爆舆论的观点却一直关乎房子："六个钱包买房"的说法戳中了多少年轻人的痛点。

第一章　经济学家　民胞物与

编者按

　　回头再看樊纲在2016年对于房价的判断，就不难理解他为什么会在2018年鼓励年轻人用"六个钱包"买房。2016年就曾有社科院专家预言房价周期已经到顶，樊纲的回应斩钉截铁：降价不可能！两年后，在中央"房住不炒"的定调下，深圳开始了二次房改：明确安居房、公租房等占新增量的60%。

　　6月11日，货币政策委员会委员、中国经济体制改革研究会副会长樊纲在北大汇丰商学院出席了"留美经济学家年会"。

　　相比《时代周报》记者在2014年底见到的、意气风发的北大汇丰商学院教授樊纲，上任货币政策委员会委员一年来的樊纲，白发略增、皱纹更为深刻，并且神情略显疲惫——在过去一年当中，宏观经济下行、金融市场剧烈波动，显然每个关心中国经济的人都并不轻松。

　　回答《时代周报》记者"何时调整期能过去"的问题时，樊纲表示，上一轮中国经济的调整期是"一次过热"，经济调整进行了八年；而此次调整期是两次经济过热的叠加，"这个时间不会短"。

　　在《时代周报》记者追问"一线城市房价是否有泡沫"时，樊纲给了一个意味深长的答复：如果三五年之后购买力不足以支撑楼王，那就是有泡沫，但现在他们预测能够支撑。

好的企业是不会倒的

时代周报：你怎么看"中国经济目前处于调整期"这个观点？

樊纲：我们过去两次经济过热，那么多过剩产能，说明目前确实是调整时期，别的国家搞市场经济，都是有周期，怎么可能中国就没有？中国也会减速，软着陆——但无论如何都要应对那些产能和债务的问题。

目前需要应对的问题，很大一部分是过去多年的经济过热造成的。就像发达国家以前出现的砸机器、"倒牛奶"现象，类似情况在中国也发生了，就是要消除一些过剩产能。加上我们还有政府——特别是地方政府的问题，以及国企的问题，所以积累起来的产能过剩特别严重。

时代周报：去过剩产能会不会误伤实体经济的非过剩产能？

樊纲：如果经济不是软着陆，而是硬着陆，误伤就严重。

"硬着陆"会是经济的过度调整——经济调整的深度大于实际所需要的，一下子就进入经济危机和负增长。但从目前的情况看，中国经济还是正增长，只是比此前慢一些。从这个角度看，中国经济还不算硬着陆。

当然拖的时间过长，中国也会有经济过度调整，以及一些误伤。

不能简单地只是说"去产能"，也要产能重组——很大一部分产能需要重组。这是其一。其二，好的企业是不会倒的，对于真正好的企业来说，现在是其他企业"调整"的时期，也正是他们低成本扩张、收购别人的时刻。所以目前特别应该鼓励好的企业去收购一些产能。其三，一些新的产业在发展，包括创新产业、新的服务业等仍然在持续发展，即便制造业看上去"伤筋动骨"了，但消费品制造仍然需求不错，满街跑的、送淘宝快递的那些车，那里面装的不都是中国制造吗？中国的消费每年都以10%左右的速度增长，因此不必太悲观，调整过后产业会更好。第四点，非常重要的是调整期大家都在干正事了。以前"优胜劣汰"虽然一直被提起，但在经济过热的时期，大家都有碗饭吃，谁被优胜劣汰呢？有些企业吃得差一点，但仍然能够活着，仍然有碗饭吃，谁都不去提高效率，有碗饭吃他们就不去动这个脑筋、进行创新。

非得逼到调整期的时候，大家才真正地动脑筋。上一次也是这样。上世纪90年代，也是逼到最后，大家都开始动了。产业也调整了，企业自己的行为也调整了，那些发昏的事情也不做了，认真考虑怎么去调整自己的效率，改革自己的管理。

所以上次到最后，虽然发生了通货紧缩，但经济情况并不糟糕。我们2002年左右的研究显示，虽然通货在紧缩，但是企业的利润却在增长，企业投资开始提高。这说明它的效率真正提高了、改进真正发生了。所以，要看到危机的积极效果。丘吉尔曾经说过，"不要浪费每一次危机"，危机当中，会逼着大家做一些正确的事情。

❝ 不要期待中国的房子比外国便宜

时代周报：中国经济调整期会有多长？

樊纲：我无法准确判断。

演讲中我作了比较，上一次中国经济走出调整期用了八年，经济下降了用五年，经济不下降了之后，又在底部徘徊了三年。

但需要强调的是，上次调整期需要处理的是"一次过热"——1992年一次增长速度14%；这次调整期则需要处理两次过热：2007年一次14%，后来又搞刺激政策，2010年又经历了一次GDP增长10%以上，那这个时间可能不会短，上次是八年，是不是这次也是八年，我说不好，更长一点，还是更短一点大家来判断。

总之，现在还有很多问题有待处理，而这次问题在一定意义上比上次调整期更严重，就是产能过剩。债务问题可能不如上次严重，上次因为没有规矩，地方政府的借款不良贷款占了50%，特别严重。但产能过剩可能比上次严重，而且，现在很多产能过剩问题才刚刚开始处理。

时代周报：最近信达等企业在各个城市制造地王，这一现象对实体经济的影响会有多大？

樊纲：永远有这个问题——制造业发展、实体经济发展的确会受到房价的影响。

不过，住房在一定意义上也是实体经济，住房也是实体经济，只不过它是资产。在我们现在这种土地结构和人口结构下，特别容易产生房地产泡沫。

我们的整个房地产市场是分裂的。目前中国市场的真正分裂在什么地方呢？是区分人口流入城市和人口流出城市，在那些增长很快、提供的就业机会很多、人口大量流入的城市，比如说深圳，土地稀缺就特别严重。不要忘记中国是土地最稀缺的国家之一，人均可居住面积是世界平均数的1/3，所以在一定意义上，中国的土地稀缺性一定是高的。那么当然，不断出现地王的这种现象也说明，我们的市场有很多供求关系不均衡的地方。

时代周报：一线城市的房产市场有没有泡沫？

樊纲：是否有泡沫，我不具体判断。从供给侧分析，不要期待中国的房子比外国便宜。

国外人少地多，中国本来就是人多地少，再加上中国大面积的地都是高山、平原、荒漠、沙漠，都是不可居住的区域；因此我国可居住面积特别少，而且我们还得保持粮食自给自足，这两个因素加在一起，中国的土地便宜不了。

时代周报：以目前的企业投资增长速度和工资上涨速度，几年后的购买力能够支撑楼王的价格吗？

樊纲：如果不能支撑就叫泡沫，但是他们现在预测未来是能支撑的，才会出这么高的价，只能秋后算账。

（原载《时代周报》2016年6月21日第393期）

余永定：

从"加快"到"有序"，政策调整说明央行是负责任的

文/刘 巍

余永定

他走出了一条典型的40后人生之路：从北京重型机器制造厂的一名工人到牛津大学博士，继而成长为著名国际金融和宏观经济领域的知名学者，中国社会科学院学部委员。一头白发、苦心诤言，从外至内，余永定保持了一个独立思考的经济学家的风骨。

余永定：从"加快"到"有序"，政策调整说明央行是负责任的

编者按

2016年，人民币平均汇率为1美元兑6.6423元人民币，比上年贬值6.2%。对于人民币贬值，余永定一直是个乐观主义者：人民币汇率贬值利大于弊，中国应该克服贬值恐惧症。在那一年，余永定还预言：从长期来看，人民币不应该是贬值货币，相反，它可能是强势货币。眼下，强势的人民币验证了余教授的判断。

社会科学院学部委员、央行货币政策委员会前委员余永定一直坚持一个观点：在人民币国际化进程中，汇率市场化和利率市场化两个方面，应当优先于人民币资本项目可兑换。

2016年10月29日，在北大汇丰商学院举行的论坛上，余永定仍然坚持这个观点，他甚至为此写了一本书。在《最后的屏障》中，他阐述了适度资本管制的重要性，认为不应过分强调资本项目自由化的迫切性和重要性。余永定认为，央行希望借资本项目自由化来倒逼很多条件的改善，初衷是对的，但中国的体制性、结构性问题不能通过资本项目自由化来解决，使用人民币国际化的"倒逼机制"也不能很好解决。

这一观点与不断被寄予厚望的"加快人民币资本项目可兑换"的开放观点碰撞，作为学者和政策研究者，余永定从未改变过主张。最近一年来，他的观点似乎正被印证和采用：外管局不断采取措施，收紧资本管制——在人民币贬值压力不断增大、外汇储备不断下降的情形之下。

看不出贬值对国内有什么不利

时代周报：人民币贬值对于国内来说是利还是弊？

余永定：看不出有什么不利。比如，对出口商来说，如果中国出口竞争力下降，最高兴的是美国。所以美联储也好，美国财政部也好，坚决反对特朗普对中国的分析。特朗普说中国"操纵汇率"，因为中国"操纵汇率"是不让人民币贬值，这是完全符合美国国家利益的，但这符合中国国家利益吗？这就存在一个大问号了。俄罗斯货币贬值50%，韩国货币贬值50%，经济马上就好转了。如果允许人民币贬值，那么想把资本转移到国外就更加不划算了，成本会更高，能够抑制资本外流。

我国经济在明年可能有下行压力，因为我们今年主要是房地产支撑，房地产下去了，经济就减速了，下去之后央行不得不放松货币政策。虽然我们现在的货币政策有一系列问题，但采取宽松货币政策是世界潮流——没办法，人人都宽，你也得宽，如果不让人民币贬值，那经济就束缚手脚了。在这样一种内部需求的压力下，货币政策可能也会放松。政府会对人民币的控制越来越少，让人民币更多由市场控制。短期来讲，可能会有贬值的压力，但我认为至少不会上升。

时代周报：目前资本外流是否会加强贬值预期，使外汇消耗更快？

余永定：央行不干预，就不消耗外汇了，关键在于不要干预——凭什么为资本外逃提供便利？人民币贬值情况下，如果资本仍然要外逃，就需要多付钱。

对于那些想资本外逃的富豪来讲，人民币贬值的话，他们的成本一下上升了7%乃至8%、10%，这就是一种遏制现象，即便资本要走，也要花大量的钱。我认为人民币不贬值对资本外逃者有利——假如人民币一下子贬值10%，后期的资本会大幅度贬值，你还到伦敦买房子吗？不买了，汇率本身就是所有的价格机制，有调节作用。

我们对汇率贬值对中国经济冲击存在不必要的、过度的担忧。在世界经济史上,从来就没有发生过一个国家有大量的经常项目的顺差,有大量的外汇储备,经济增长速度全球第一,有一个非常有效的政府,它的汇率居然会大幅度贬值——除非我们创造一个奇迹。

时代周报:这一年来越收越紧的外汇管制整体目标是什么?稳定汇率还是控制资本外流?

余永定:两种都有。其中,防止资本外逃是最重要的。如果为了稳定汇率进行资本管制,就有点本末倒置了。中国经济的增长,需要有资本。国外的资本进入中国、在中国投资,比如建工厂,收益增长了,首先是投资者要有收益,同时国内得留了一半,收益应当进行分配——如果资本都到外国去了,跟中国没关系了,对中国非常不利。

资本管制是"最后的屏障"

时代周报:资本管制对于人民币汇率稳定的意义有多大?

余永定:资本管制是稳定人民币汇率的最后一道屏障。从2009年开始,我的主张是,中国的人民币国际化,要量力而行,要由市场推动、不要过急;而另一种主张是,中国必须加速推进人民币国际化,因为只有加速推进人民币国际化之后,我们才能够开放资本项目,倒逼国内的改革,这是它的逻辑。

但这么搞是非常危险的,因为条件不成熟。根据"蒙代尔三角",在当时汇率固定的情况下,允许资本自由流动,就会有大量的资本往外流。

外汇储备、汇率稳定、货币政策独立性、资本项目适度开放(也即适度管制),这几个目标不可能完全兼顾。需要同时保住外汇储备和汇率稳定,资本管制就是"最后的屏障"。

2015年之前，我们的文件中的提法是"加快实现人民币资本项目基本可兑换"，要求是"加快"。目前，"加快"在文件中没有了，代之以"有序"。有序到什么时候？一年、三年、五年，并不是特别确定。而"加快"，就必须一年比一年快——而且有非正式的消息称，是2015年年底要实现。

到现在，政策完全调整了，这种改革是正确的，说明央行是负责任的。但资本管制是不得已而为之，为了避免采取这样的措施，必须加速国内的改革，并且必须要加速人民币的汇率体制改革。国内价格都是开放的，唯独汇率应当是最后开放的，但现在已经到了开放的时候，实际上2005年就应该开放。

目前的汇率制度难以维持

时代周报：" 8·11 " 汇改之后，央行的政策目标是什么？

余永定： 是恢复稳定，已经把潘多拉的盒子打开了，所以你想把所有的东西按回去，也费了很大的力气。2016年2月之后，央行明确宣布实行收盘价加24小时货币稳定的定价机制，人民币汇率波动情况发生了变化。

"8·11"之后到央行宣布新的汇率定价机制之前是什么状况？市场预期人民币会继续贬值，可事实上人民币升值了。这是为什么？因为央行加大了干预，市场中某一方预期人民币贬值吗？但央行不让它贬值，然后市场相信了。从那时起，人民币好几个月都没贬值，之后才开始进入贬值。

时代周报：新的汇率制度可持续吗？

余永定：我认为难以持续。如果需要固定住汇率，那么货币政策就会有问题；如果目标为盯住汇率，为了使汇率稳定，货币政策就不可以根据国家的经济形势随意调整，但是不是应该降准？这是另外一个问题，我们不讨论，如果你不让汇率充分地浮动，有足够的浮动空间，央行的货币政策就会受到极大的妨碍。

现在有了双向波动，这个不是在均衡汇率下的，是人为的，是通过大量干预外汇市场造成的，你要消耗大量的外汇储备，两年消耗8000亿美元外汇储备。这是天文数字——IMF的总资源是6000亿美元。一旦外汇储备又进一步下跌，跌到3万亿以下，市场就会恐慌。资本外流虽然有所减少，但是还在持续，这是上一个季度的数字，这一季度的数字可能还会增加。

我们的外汇储备在慢慢减少，这种减少的真实度到底是多少？总而言之，这个人为干预汇率的政策是不可持续的。所以，我们应该尽快加速汇率制度改革，让汇率制度能够跟世界绝大部分国家一样，是自由浮动的，或者至少是浮动的。

（原载《时代周报》2016年11月8日第413期）

黄益平：

平稳快速的产业结构变迁，是未来经济增长的关键

文 / 谢江珊

黄益平

从花旗集团亚太区首席经济学家到北大教授，兼具市场分析经验和经济学专业研究经验，黄益平一直在寻找中国经济发展的"圣杯"。在黄益平看来，中国经济的问题是一个权衡问题，始终在保增长、调结构、防通胀这三个问题上寻找平衡。

编者按

  2017年是供给侧结构性改革的深化之年,"稳中求进"既是这一年所有工作的总基调,也是做好经济工作的方法论。在季度GDP的数字背后,黄益平更看中平稳、快速的产业结构变迁,这一年年头召开的中央经济工作会议,亦把"大力振兴实体经济、培育壮大经济新动能"作为2017年经济工作的一个重要任务,2017年成为中国的实体经济尤其是制造业转型升级的决战之年。

  在2016年4月17日举行的国新办新闻发布会上,国家统计局新闻发言人毛盛勇表示,一季度GDP同比增长6.9%,比上年同期加快了0.2个百分点,比上年四季度加快了0.1个百分点。这是自2011年以来,一季度GDP增速连续下滑6年后首度回升上扬,同比增速创2015年第四季度以来最高。

  "经济活动自去年8月以来,已经出现企稳向好的迹象。我对GDP同比增长6.9%的解读是,今年第一季度延续的是去年下半年以来经济企稳甚至稳中向好的趋势。"北京大学国家发展研究院教授黄益平在接受《时代周报》记者专访时表示,一季度所取得的成绩,用"L形"走势中的小周期复苏来形容更为准确。黄益平同时强调,"过去有竞争力的、支持中国经济长期增长的产业,现在都失去了竞争力。新旧动能转换,是我国当前经济面临的最大问题。只有推动产业结构的改变,才能真正把增长下行的态势给稳住"。

关键挑战是新旧动能转换

时代周报：你怎么看一季度GDP同比增长6.9%的成绩单？这是否意味着经济形势企稳向好？

黄益平：经济形势企稳向好可以从两个方面分析：一是了解短期改善的因素，这次有三个因素起到了重大贡献：房地产、基础设施投资及制造业投资。二是要了解经济增长连续6年不断减速的具体原因是什么。一般解读是周期性的减速或者趋势性的减速。周期性的减速是说全球经济复苏不好，也许过一段时间有所改善之后，中国的经济表现就会好一些。趋势性的减速是说，这是新常态，发展水平提高了，增长速度就下来了。我认为都有道理，但这两个说法对我国经济现在面临结构性改变的要求还是重视不够。

时代周报：工业的向好发展支撑了一季度经济增速的回升。这是否意味着供给侧结构性改革已见成效？

黄益平：要分开来看。做一个假设，如果增长主要是钢铁和煤炭企业推动的，那能不能持续？值得打个问号。现在关键的挑战是新旧动能的转换，钢铁、煤炭的改善固然是好的，但仅仅局限于这个领域，那可持续增长的含义就模糊了。

中国经济在好转是毫无疑问的，今年的经济形势也没有太大问题。我关心的是在这些数字背后，能不能看到平稳的、快速的产业结构变迁，这才是中国经济未来能持续中高速增长的一个关键。近期内一个十分重要的变化是民间投资有改善，如果这个趋势能持续，对经济增长前景是一个重大利好。

时代周报：在工业增速明显加快的同时，消费的基础性作用增强，对经济增长的贡献达到77.2%。房地产市场在其中占据的作用有多大？

黄益平：消费的贡献比例比我想象的要高。但我国经济结构改善，已经延续了五六年，新旧动能在转换，消费改善更主要的是因为居民在国民收入中的占比在提高。近期消费改善，需要认真看数据。房地产肯定发挥了一定的作用，很多产品的销售跟房地产紧密相关，比如汽车、家具、装修材料、家电等。消费的增长肯定是好事，但这里面有多少是短期性因素造成的，有多少是可持续的，值得观察。

❝ 制造业增长应关注可持续性

时代周报：一季度拉动投资回升的主力更多是新兴领域投资，如第三产业投资增长12.2%，高新技术产业投资增长高达22.6%。这意味着什么？

黄益平：新经济的投资在增加，增长速度比其他部门还快，这是一个很积极的变化。唯有如此，才能推动新旧动能转换。现在值得我们密切关注的是这个变化的可持续性。

时代周报：民间投资去年断崖式下跌，但是今年一季度突然拉出一条"大阳线"，从3.2%以下飙升至6.7%。这是否意味着民间投资整体势头已经出现回暖？

黄益平：今年民间投资明显改善，是十分重要的变化，但这个变化是由什么因素造成的？需要认真地分析。当然，PPI结束负增长往上走，巩固投资者信心，有利于制造业投资，但去年的回升主要是在大宗商品的价格。目前，制造业里很多行业的盈利状况都得到了改善，我相信这是民间投资得到改善很重要的原因。去年制造业盈利状况的改变是一个普遍现象。民间投资整体势头已经出现回暖，但这个回升速度有多快，现在还不太清楚。

时代周报：国家一直在强调"脱虚向实"，制造业投资一季度增长5.8%，是否意味实体经济逐步向好?

黄益平: 1—2月份的数据恐怕不是特别值得对比,可能需要消除季节性因素。至于制造业投资数据的增长是否意味着实体经济在逐步向好,需要比较,今年是5.8%,去年是多少?制造业在改善这一点很清楚,但我关心的不是制造业有没有改善,而是制造业投资能不能持续改善。要看最近改善背后的主要推动力量是什么,是大宗商品市场的改善导致价格大幅度上升,以至于补库存现象、需求增加,还是实际上推动了制造业所有行业盈利状况的改变?如果改善只集中在重工业,中下游行业没有明显改善,甚至盈利状况还受到挤压的话,这样的改善就很难持续下去。我们要看的,是中下游行业的盈利和价格改变的状况,以及投资增长速度。

时代周报: 除了经济增速,一季度全国居民人均可支配收入7184元,收入增速比GDP增速还高0.1个百分点。收入增速重新跑赢GDP增速的原因是什么?

黄益平: 过去几年的相当长一段时间里,我国居民收入一直跑赢GDP增长,只是这一两年出现了一些逆转,这个跟经济不好有关系。过去消费疲软,经济结构一直不是很理想,消费占GDP的比重一直在下降。我们研究发现,这种情况自2010年以后已经开始改善。这几年消费比较强劲有很多原因,其中一个最根本性的原因是,居民人均收入的增长速度超过人均GDP的增长速度,这对经济增长有很多好处。支持消费,消费在改善,这是我们在全球危机以来看到的一个好的变化。

❛ 经济下行压力依然存在

时代周报: 此前你曾提醒要注意国际市场尤其是特朗普政策可能会给全球经济包括中国经济带来很多的不确定性,从最近的中美局势来看,你的看法有无变化?

黄益平： 现在的国际形势可以从两个方面看：第一，国际经济走势有所改善。无论是欧洲、日本还是美国。这对我们来说是一个好消息；第二，原来我们一直觉得美国经济政策是最大的不确定性因素，但到目前为止，特朗普对中国没有采取非常激烈的贸易保护主义政策。需要注意的是，特朗普前几天在接受采访时说的话留有很大余地，并没有完全排除未来采取对抗性贸易政策的可能性。但从特朗普就任总统以后的表现来看，我认为发生严重中美贸易战的可能性降低了，"习特会"中的双方印象不错，建立一个比较有效的工作关系的可能性很大。这些都相对地为中国经济增长提供了更为平稳的国际空间。

即便如此，特朗普不确定性因素是否已经完全消除？现在下结论还为时过早。特朗普经济政策的主要特点是以微观经济政策应对宏观经济问题，比如减税、增加投资、放松管制和贸易保护主义政策，这些措施也许会在短期内推动经济活动的扩张，但同时可能令美国的一些宏观经济矛盾变得更加突出，比如财政与经济账户的失衡。

时代周报： 目前的走势是房地产投资增速继续下行，进出口增速和制造业增速也在下行。二季度中国经济能否延续良好态势？哪些方面将发挥积极作用，值得发力？

黄益平： 二季度的经济形势应该不错。但现在还不是很清楚，"不错"是由什么因素导致的。前面所说的三个因素——房地产、基础设施投资和制造业的投资，未来会怎么样？是否能延续往上走的势头？值得观察。

房地产的投资一般会滞后，二季度存在不确定性。但作为支持中国经济增长的推动力量，房地产的力量还能维持多久？未来的房地产投资有所疲软是大概率事件。

基础设施投资能保持比较强劲的态势，甚至如果经济出现疲软迹象，基础设施投资都还有加速的可能，肯定会成为经济的稳定力量之一。党的十九大召开在即，经济政策要稳中求进，各级政府稳增长的动机非常强烈。

制造业投资就比较难判断，自去年年终开始，PPI从负到正，大宗商品价格迅速回升，对制造业投资有很大的促进作用，总体盈利状况有所改善。但我前面说过，需要搞清楚这种盈利状况的改善，是普遍性的改善还是只集中在上游。如果改善只集中在上游，中下游行业没有明显改善，甚至盈利状况还受到挤压的话，这样的改善就很难持续下去。PPI的回升能不能从大宗商品的上游产品很快扩散到其他制造业的领域，是新旧动能转换能不能加速的关键。目前，这一点还不是很好确定。

还有一点是外部国际形势，目前来看，最糟糕的状况没有发生，甚至增长速度有所回升，这对于二季度也是一个有利的变化。

时代周报：4月13日，世界银行发布的《东亚与太平洋地区经济半年报》预计，随着向消费和服务业转型，中国经济或继续放慢步伐。报告预测，2017年中国经济增速为6.5%，2018年、2019年经济增速为6.3%。你如何看待中国未来的经济增长前景？

黄益平：我不太好评论这个数据准确与否，但是它的大致看法跟我有相似之处。今年经济走势适当、相对稳定是有可能的，但我国经济还没有完全触底。从目前来看，短期经济周期改善非常明显，但从经济增长的中长期走势来看，下行压力依然存在。

在我看来，我国现在新旧动能转换这个过程还没有完成，所以我一直用的这个说法是"下行压力依然存在"。而且你会发现，当政府稳增长的力度加大的时候，新旧动能转换的步履就会放慢。毕竟传统支持增长的办法，尤其是基础设施包括房地产，更多的是往传统产业使力。从这个角度来看，要说中国经济已经触底了或者经济增长从此加速，还是需要谨慎一些。真正的触底回升，最后要取决于旧的产业是否淘汰，新的产业是否形成，进而支持下一轮的经济增长。

（原载《时代周报》2017年4月25日第437期）

周其仁：

加强大中城市承载力，是实现城镇化的关键

文 / 陈舒扬

周其仁

接地气，是外界对周其仁最具标签化的评价之一。从经济学角度进行一系列社会实践调查，周其仁的魅力，在于始终保持对真实世界的好奇心。产权明晰、自由竞争的思想，贯穿他所有的经济学主张。

第一章　经济学家　民胞物与

编者按

2017年，中国新型城镇化如火如荼，土地改革也借此进入了历史的下半程。新型城镇化建设必须创新土地制度，这恰恰是周其仁毕生关注的两大课题之一。土地制度改革不仅是新型城镇化的重要内容，更是推进新型城镇化的重要突破口。如何改变土地作为增长发动机的功能，告别以地谋发展的模式？如何改革中国的宅基地制度？时至今日，仍在摸索。

经济学家周其仁的两本书近期由中信出版社出版，一本是《突围集：寻找改革新动力》（下简称《突围集》），另一本是《城乡中国》（修订版）。前者是作者近年有关经济改革、创新、网约车、城乡发展等问题的文集，后者则是作者2012年在报纸上开设的专栏文章合集，曾在2013年出过一版。

周其仁是北京大学国家发展研究院教授、国内知名经济学者，长期关注中国农村发展及土地制度变迁。在为《城乡中国》专栏撰稿之前，周其仁还曾撰写过多个专注于某一主题的系列评论文章，最有名的是《货币的教训》。

周其仁写作的特点是不脱离调研，素有"真实世界的经济学家"之称。因此书中举例往往是亲身经历，有明显的具体感与现实感，其深入浅出、娓娓道来的讲理风格，更为通常比较枯燥的经济文章增添了可读性。另一位著名经济学者汪丁丁在给《突围集》的跋中，盛赞周其仁的社会调查能力和对真实世界的洞察力，并将跋的标题取为《从抽象上升到具体》。

6月，《时代周报》记者在北京金融街就创新创业主题采访了周其仁。在采访中，"我这个人是非常经验主义的""我喜欢东看看西看看""我关心发生了什么事情（而非人们有什么议论）"……类似这样的描述时不时从周其仁口里说出。

采访中，除了聊创新如何发生外，周其仁也对现实中的创新本身表达了理性而务实的态度。在谈到互联网创新带来的一些问题时，他说："从现实出发，鼓励大家有问题解决问题，但不要以为一个方案能解决所有问题……我常常说，一个问题你不解决，就永远是那一个问题，解决了这个又会带出一串新问题。但整个社会要有耐心，要往前看而不要回头看，这样一拍一拍地打下去，过几年再回头看，哎？我们进步不小。"

有拿来主义也要有原创创新

时代周报：历史地看，你如何看待中国这几年兴起的创新创业或者说企业家精神的高潮？你认为是什么引起了这样的改变？

周其仁：是的，这是形势决定的。以前，我们作为一个后发国家，不需要依靠自己去创新，直接模仿、拿来就可以，许多年来我们就是这样发展起来的，但经济增长的高速期过去之后，在原来的那种发展模式下，产能过剩就很容易出现了；还有，全球的贸易环境也在发生变化，发达国家的保护主义抬头，加上金融危机之后全球总需求萎缩，在2008年之后，我们的经济下行压力持续增大，2009年靠4万亿拉回来一些，但到2011年之后经济下行压力就非常明显了。

但形势比人强，以前不用创新也能赚钱，人们也就不会想着去创新。一个典型的例子是华为。一开始也是"跟着跑",跑着跑着就跑到前面去了,就像任正非说的,华为已经身在"无人区",往前没有可跟的对象了,这样一来就需要企业长年的独立研发的积累。这是一种情况。还有一种情况是,"跟着跑"的太多了,大家把路堵了,产能过剩了。这个情况下,一些地方,尤其是珠江三角洲,有一批不服输的人,总能找出新的路来走。时势造英雄,英雄造时势,两者互相作用。

时代周报:过去中国的发展中,通过对外开放引入了国外的资本、技术和管理经验,现在搞创新,我们需要向西方学习什么?

周其仁:在引进国外资本、技术和管理经验的过程中,本身就会把各种信息带进来。比如,总会有人想:西方这些层出不穷的东西,到底是哪来的?于是人们发现,西方发达国家的知识和生产结合得非常密切,基础研究攻克技术困难,最后形成一批可以变成产品的专利,再加上风险资本的支持、政策的支持,最后形成产业——这套打法慢慢就对国内产生影响。

这些元素拆开了看,我们都有。我们有很多大学,国家也很重视科研,有大量的科研项目、国家实验室,每年也招大量的高级人才,但我们的问题是,知识的生产过程和实际的生产过程咬得不够紧,没有像硅谷、MIT周围那么打成一片。所以不够的就需要加强,各种元素加强融合、互动,打通壁垒。开放的最大好处就是互相可以看,不仅可以学别人已经成功的东西,还要学到根本上去。

时代周报:现在常常会听到一些声音说,中国的互联网创新活跃度已经超过美国。

周其仁:(笑)我觉得人们容易把话说得过头。互联网是美国人最先发明的,包括互联网的商业应用,也是美国先搞起来的,这是一个基本事实,你不能说阿里巴巴办得比Amazon还早。只是我们是一个13亿人的大国,加上文化特点不一样,互联网运用得更加活泼,形式更加多样,这是实情。

这点也说明了应用性创新的重要，也就是说，原创的东西是别人的，但是我们拿过来进行新的应用。比如我在腾讯就知道这么一个故事，最开始的网络社交应用是以色列开发的，引进来以后就面临一个中国式问题：发达国家每个人有台电脑，所以也叫个人电脑，在跟别人网络社交的时候，信息都存储在电脑上。但我们国家刚开始的时候，大多数年轻人在网吧里上网，没有个人电脑，最后腾讯就解决了这个问题，通过个人账号，让你的东西永远跟着你，不解决这种问题，QQ就不会有几亿的用户。

再比如说我们的资费比较贵，带宽比较小，但现在微信上一个很大的文件很快就能传过去，而美国人开发的东西很久都传不过去，因为他们假设你的带宽很大，流量很便宜，他们不需要考虑的问题微信需要考虑。所以像应用性创新、集成性创新，可以适应不同资源条件下的更广泛的经济环境。在特殊的约束条件下产生的改进、创新、对技术的新的应用，是大量存在的。

但不是说我们这些应用型创新比较有看头，就不需要原创了，所有的这些都要感谢原创的贡献，中国还是要鼓励原创性的创新。

❝ 想把人摁在农村，我看做不到

时代周报：近年媒体时常会评论说，一些发达国家，比如说日本和欧洲一些国家，他们的新一代已经丧失了开拓精神、创业精神，你怎么看？

周其仁：没那么差，我看到日本年青一代的有些创新也做得不错，只是有些创新被大规模运用要有个过程。我认为这些评论没有什么意义，议论这些对我们也没好处。

时代周报：不管是国家战略层面还是社会期待，都希望中国的制造业在品质上得到提升，你觉得这个过程会顺其自然地发生吗？

周其仁：不会顺其自然，有问题有挑战，但总会冒出一些英雄。比如你看小米，现在把一个电插座都做得那么好，挑战了原来行业里的龙头老大，并且影响了行业，以至于现在整个行业都在改。经济活动是非常活跃的，总会有人针对市场中的问题采取行动，尝试突破。

时代周报：你一直关注改革也关注中国土地问题，最近关注的热点有变化吗？

周其仁：目前的关注点有两个：一个是城市建设，这还是跟城乡中国的主题有关。一方面，现在仍然有巨大的需要进城的农村人口没有进到城里来，但另一方面，城市里又人仰马翻，存在各种拥堵、混乱。我关注这个问题会怎么解决，想把人摁在农村，我看是做不到的；希望他们仅仅在县城待着，我看也做不到。我的看法是，出路还是要把大都市、中型城市的承载力，通过人才培养、观念突破、政策调整给提上来，增加容量，吸纳农村人口。

第二个关注点就是创新。我也访问了很多创新企业，想看看有哪些经验、哪些问题。企业面临的问题不能一概而论，比如有的技术很成熟，但政策不允许；有的没有政策障碍，但是研发有困难；有的是国内障碍很大，但是可以打到全球去……不过我们的很多企业不擅长在全球布局。不同问题需要不同应对办法，不能笼统而论。

时代周报：城市建设的问题，你有解决的框架吗？

周其仁：哪里谈得上框架。我这个人是非常经验主义的，我喜欢东看看西看看。中国有很多几百万人口的城市做得不错，很多地方有好的经验。

（原载《时代周报》2017年8月1日第451期）

第二章

学者
国家的良心

　　他们游走于不同文化之间，出入无碍，能够理解不同的立场，却又能坚持己见，以文化批评为手段，积极参与公众议题的讨论，向权威发出挑战，为不公而抗争。

第二章　学者　国家的良心

陈方正：
东西文明自古南辕北辙

文 / 童丽丽

陈方正

和大多数人的人生轨迹不同，陈方正的声名鹊起，始于退休之后。2008年，凭借《继承与叛逆——现代科学为何出现于西方》，陈方正从行政人员华丽转身为科学史家。此后，陈方正投身科学启蒙演说，在科学与人文之间自如游走。在中欧商学院的博文讲座中，他是最受欢迎的一位。

陈方正：东西文明自古南辕北辙

编者按

曾经高度发达的中国科学为什么没有发展出现代科学，反倒是科学发展并不领先的欧洲取得了突破，发展出了现代科学？这就是李约瑟问题，是推动李约瑟整个中国科学史研究的核心问题意识。自1969年提出后，试图回答这一难题的中国人如过江之鲫。2009年，陈方正借由《继承与叛逆——现代科学为何出现于西方》的出版，将李约瑟问题引至了完全相反的方面：他不再关注"为何现代科学没有在中国出现"，转而关注"现代科学为什么出现在西方"。

四年来，陈方正埋首于《继承与叛逆——现代科学为何出现于西方》一书的写作。这部厚重的著作因"李约瑟问题"而起，重点则是科学史，刚由北京三联书店出版。余英时先生在近万字的长序中说："中、西这两种'科学'同名而实异；两者并不能用同一标准加以测量或比较。这好像围棋和象棋虽同属于'棋'类，却是完全不同的两套游戏。'李约瑟问题'说：中国的'科学'曾长期领先西方，但16世纪以后'现代科学'在西方兴起，于是将中国远远抛在后面了。这无异于说，某一围棋手的'棋艺'曾长期领先某一象棋手，但今天后者的'棋艺'突飞猛进，已远远超过前者了。通过'棋'的模拟，我们不必再多说一句话，已可知'李约瑟问题'是根本不能成立的，中、西'科学'之间无从发生'领先'与'落后'的问题。"

穿过香港中文大学中国文化研究所的庭院，进入陈方正先生的办公室，迎面是江兆申的书法，里间则挂有黄胄的驴子。书架上，中英文的科学与人文著作杂陈，一眼可见他与吴清源、杨振宁等人的合影。

远在上世纪50年代，陈方正在哈佛大学攻读物理学时，已经常和余英时论道下棋。学成之后，他作了与时风不合的选择，并不留在美国，毅然回到香港中文大学任教。几十年来，陈方正在科学与人文之间自由漫步，既从事物理学的教研，又长期担任行政工作，推动《二十一世纪》杂志发展，热衷人文思想的讨论。

1980年，时任中文大学秘书长的陈方正与杨振宁相识，并结成了长久的友谊。陈方正回忆，1957年杨振宁和李政道获得诺贝尔奖，无疑刺激了他选择攻读物理学。他笑道："我认识的很多人聪明才智其实都相差不远，但杨振宁的确是天才，头脑不是我们所能够相比的。物理学博大精深，和我同辈的许多人钻进去一辈子，运气好，可以有不错的发现，运气不好，就如入宝山空手回，至于说得上开拓新境界的，则绝无仅有。"

❝ 无从比较的中西科学

时代周报：从晚清以来，中国遭遇三千年未有之大变局，连人文学者都在探讨中国的科技落后于西方，因而受到列强欺负的问题。"李约瑟问题"的提出，对中国学者的观点有什么挑战？

陈方正：从1916—1945年大约30年间，中国知识分子的共同问题是"为何传统中国没有科学"？这是从1916年任鸿隽（中国科学社的发起人之一）在《科学》杂志创刊号上发表文章开始的，到1945年浙江大学校长竺可桢仍然在问同样的问题。在这期间有许多其他学者写过文章，提出各种不同答案。但李约瑟一来，就把这问题颠覆掉了。他说：你们都错了，中国传统科学丰富得很，好得很，而且比西方更好，可是到文艺复兴时期，却被西方赶过头了，以致到后来，现代科学是在西方而非中国出现。为什么会有这个大逆转呢？那是因为中国的"官僚封建主义"太巩固，太厉害，它压制了资本主义的兴起，而没有被突破；西方的"军事—贵族封建体制"却没有那么坚强，它被突破了，颠覆了，因此资本主义得以在西方兴起，而它的实用精神则成为现代科学出现的关键。换而言之，现代科学的出现是以资本主义出现为前提的，而后者是否能够出现，则取决于东西方封建体制的差异。这就是"李约瑟问题"的核心概念。

至于说中国受列强欺负，那从1840年一直到1945年都是如此，科学不发达当然是其中一个原因，但它并非唯一的，还有其他重要原因。

时代周报：难道中国近代的体制很阻碍中国现代科技的发展吗？

陈方正："科学"意义很笼统，它是个包罗万象的大口袋。中国传统文化中的确有"科学"，但是它没有转化为现代科学的可能，所以也无所谓"近代体制的阻碍"。为什么这样讲呢？因为传统中国虽然有各种技术，甚至是很高超的技术，也有对自然的观察、猜测、论述，却没有成套的，以数学来表达、论证的，关于自然现象的理论。

西方科学传统则不一样。第一，它有高度发达的，以严格论证为核心的数学。第二，它还把这样的数学应用到自然现象的研究上去。中国的数学则不讲究论证，也没有和自然现象的研究紧密联系起来。讲中国传统科学我们总要提到四大发明，可是那是技术而不是科学；又会提到天文推算的精细，可是那仅仅是为历法服务的，至于天文现象背后的成因，则不受注意；此外，祖冲之父子计算圆周率的精确自然很令人敬佩，但方法没有传下来，所以没有继续发展。反而最早的《周髀算经》却颇有现代科学精神，它是中国最早也是唯一的数理天文学著作。但很不幸，它的精神后来没有延续下去，这传统就断绝了。这恐怕跟中国人的实用性格有相当密切关系：不实用的东西在传统中国都是不发达的。

第二章　学者　国家的良心

时代周报：中国科学院院士席泽宗针对现在电视上为康熙和乾隆歌功颂德的现象，认为在康熙时期，中国有可能在科学上与欧洲近似于"同步起跑"的时机。然而，由于康熙一系列错误的科学政策，这个机会失去了。康熙在用人上对一些科学家并没有重用，在制造仪器时，只把制成的仪器视为皇家礼器，供皇帝本人使用，而没有用来进行观测；对于中国传统科学系统性、理论性不强的弱点，康熙未予以重视。康熙时期的科学政策是中国同欧洲科技发展拉大差距的起点，此后乾隆时期的统治政策也阻碍了中国科技的发展。

陈方正：徐光启在1607年翻译《几何原本》前六卷，它的确引起了中国士大夫的兴趣，由是在此后大约一个世纪，掀起了一阵研习西学之风。可是整体来讲，那说不上是中国的科学革命，因为所谓西学，都是传教士传授的，并非是西方最崭新的学说。况且，明清士大夫也并非对那些东西本身真正感兴趣，他们没有深究、发扬西学，反而是用它来附会我们古代的学术，来证明其优越，也就是复古。这种普遍的心态、风气恐怕不是单凭皇帝的旨意、政策所改变得了的。席泽宗院士还有一个看法我不赞同：他认为古希腊科学不那么重要，对现代科学并没有决定性贡献，这他在好几篇文章里提到；这看法和李约瑟的见解大体是一致的。

至于中国科学从什么时候开始落后于西方的问题，这根本无从回答，因为在近代以前，中国科学和西方科学是完全不同的两码事情，两者是无可比较的，我这本书基本上就是讲这一点。倘若一定要问，我们的科学从什么时候比西方落后了，我只能够说，从孔老夫子和毕达哥拉斯的时代（公元前550年左右）开始，东西方文明就已经南辕北辙，走上完全不同的道路，问谁在科学领域走得更远、更快，已经没有意义了。所以，直至近代为止，中国科学和西方科学是完全不同的事情，各自走的是完全不同的道路，譬如一在海滩上，一在山岭间，两者是无从比较的。

科学和文学、哲学、历史一样，是一种文化，必须要有这种文化的熏陶和传承，才能真正发展得好。

留学生开创现代科学传统

时代周报：到了现代，中国的科学研究慢慢跟国际接轨，特别是很多人留学后归国，带来了西方的科学？

陈方正：1910年以后有很多留学生从外国回来，他们是直接在西方大学学习科学的，从那时开始中国和西方的科学方才接轨，此后就没有什么分别了。所以中国现代科学的起点是1910年，而不是17世纪徐光启翻译《几何原本》，也不是19世纪的著名数学家李善兰翻译微积分和许多其他西方数学著作，因为他还是坚持用直排的中文和自创符号，而拒绝使用西方经过长时间发展出来，极其方便的国际通行符号和方程式。所以他的译本也还是不能通行，不能发挥数学的力量。

中国的现代科学传统是像杨振宁的父亲杨武之那一代早期留学生开创的。但高等教育在中华人民共和国成立后发生了翻江倒海的巨大变化，使得前数十年辛辛苦苦建立起来的现代学术传统中断，这是非常可惜的。比起（上世纪）二三十年代的前辈来，我不认为我们这一代的人，或者更晚辈的人，聪明才智有所不及，然而从成就来说，却显然相差很远。为什么会这样呢？因为学术工作有赖于气氛和传统，倘若没有师友的提携、激发和鼓励，那是很难有大成就的。中国在物理学的当代传统，有很大部分是杨振宁和李政道得了诺贝尔奖而激发出来的，而且，众所周知，他们的成就又是和西南联大的培育与激励分不开的。

时代周报：对学科学的人而言，这些故事的激励很重要吗？

陈方正：对，因为榜样对年轻人太重要了。我在中学阶段对科学产生兴趣，就跟读科学家传记和科普书籍有很大关系，这应该是大部分科学工作者的共同经验吧。科学有巨大的应用价值，但它还有本身的魅力和意义，那就是以简明的规律解开宇宙万象的奥秘。

新中国自成立以来很注重科技，最近还提出"科教兴国"的口号，这都不错，都很重要，但也有弊病，就是太强调科学的实际功用，使得它落入单纯的技术层面。其实，科学也跟文学、哲学、历史一样，是一种文化。要深入和全面地发展科学，就必须培植这种文化，使得一般年轻人感受它的熏陶和潜移默化，那样科学才会进入中国人的深层意识，成为中国文化的一部分。

时代周报：陈之藩先生曾经谈到当代学界忽视了科学和人文的结合，科学是科学，人文是人文，讲起来有点痛心疾首的感觉。

陈方正：这是无可奈何之事，科学发展到现在，的确是太深入专门了。我们只能够唤起大家对科学的兴趣，号召科学家多花时间帮助一般人了解科学，也就是尽量消除史诺（C.P.Snow，英国学者、物理学家和小说家）所谓"两个文化"之间的隔阂。但从专业的角度来讲，科学与人文两者的真正融合，则是没有办法的事情。

其实，不但人文学者不可能在专业层面了解科学，反过来也一样。杨振宁是我们《二十一世纪》杂志的编委，他经常参加编委会，而且热烈发言。有一次他忽然问："我不明白，什么叫文学史？"大家愣住了，因为他没有可能不知道文学史是什么。原来杂志刊登了一篇文学史理论的文章，他觉得很费解，所以本着"不知为不知"的科学精神来问个明白。

在今日，学术上人文和科学的各个领域都已经高度发展，各有复杂背景和特殊词语、理论，所以隔行如隔山，互相难以沟通。因此，今日的学者为了专业而钻牛角尖虽是势所必然，无可厚非，但行有余力，自然还应当尽量去扩充学问相通之处，使它成为人类的共同文化，让所有的人分享。

时代周报：事实上，大学者不妨多写写小书给小孩子看，在自己专业的领域里埋首写巨著固然重要，而写写小书，做点普及的工作，也是很需要的。

陈方正：的确如此。我目前这本书沉甸甸的，除了搞科学史的朋友，恐怕难以希望有很多读者。所以写些简单的、轻松的，大家都愿意看的小书，也同样是我的心愿。这问题我在10年前讲过。1999年是甲骨文发现100周年，在河南安阳开了一个纪念大会。因为我跟饶宗颐、沈建华合作做过建立甲骨文电子数据库的工作，所以得以躬逢其盛。在大会上我从门外汉的角度讲了下面几句话：埃及象形文字、两河流域楔形文字和甲骨文一样，都是死文字，可是前两者的通俗入门书籍很多，其中最畅销的在亚马逊书商网络上排名比《战争与和平》和《海明威全集》这些文学作品还高，那么在座的甲骨文专家是否可以多花点时间去写通俗的甲骨文教本，向年轻人宣扬这门学问，引起他们的兴趣，激发他们的热情呢？

事实上，在西方，几乎所有专门的学问都会有通俗作品来为大众作解说。而在中国，这方面还是比较落后，愿意花工夫做这种普及工作的学者很少，在科学领域如此，在人文领域也有同样的问题，这是急需我们注意的。

一个传统，两次革命

时代周报：《继承与叛逆——现代科学为何出现于西方》一书的源起是什么？

陈方正：2004年中国科学院的自然科学史研究所邀我讲课，前后共作了八讲，讲稿约8万字。三联书店的编辑张艳华也来听课，她劝我把讲稿出版。这样我兴致来了，一下子就写了四年，字数扩充到50多万，幸亏三联支持我，仍然愿意出版。

这本书的核心是批判李约瑟。他说中国的科学向来比西方优胜，只是到文艺复兴时代才给西方赶上和超越，于是尽管现代科学出现于西方，但中国对它也还有绝大贡献。作为一个学物理而且对它的发展有点涉猎的人，我觉得这种说法真是不可思议，因此在1998年写过一篇长文章反驳这个论调。可是，李约瑟做了那么多扎实的考证，又写了20多卷的大书来证明中国科技的优胜，因此名满天下，在中国，他的思想更是深入人心，有极大影响力。

所以，要让大家认真来对待这个问题，我就得花力气写这本书。

第二章　学者　国家的良心

时代周报：你跟李约瑟本人见过面吗？

陈方正：见过，可是说不上交往。李约瑟在1979年到中文大学来，主讲"钱宾四先生学术文化讲座"，一共三讲，我都去听了，但没有跟他讨论。那时我对科学史还没有产生兴趣，更谈不上了解，只是听他演讲之后心里老觉得有点不太对头而已。

1987年我在美国听何丙郁（李约瑟的后辈、合作者）讲中国数学，觉得很困惑，对他的答案也不满意。当时还有一位钱文源出版了用英文写的《巨大的停滞》，他认为中国科学停顿没有发展是从汉朝开始的，我对此说也将信将疑。回到香港以后劳思光先生（香港中文大学哲学系荣休教授）来找我说："李约瑟的书问题很多，我们应该一道好好地把它整理一下。"那时我仍然没有这个兴趣，对他的这个建议并无反应。

1995年李学勤（清华大学人文社会科学学院历史系教授）邀请我到海口去开一个国际汉学会议。当时我正在教通识课程，是介绍物理天文学的，觉得对中国的天文学也应当提及，就去读中国最早的天文学论著《周髀算经》。这本书条理很清晰，看完以后我写了一篇考证它结构和形成过程的论文到会议上发表。从那时开始，我对科学史产生兴趣，涉猎渐多，陆陆续续写了几篇东西，慢慢形成一些想法。后来退休了，能够更专心地做这方面的研究，才得以写成这本书。

时代周报："李约瑟问题"在西方影响有多大？

陈方正：并没有很大影响。西方学者对他的实证研究非常尊重，但对他的思想则普遍持批判态度，而且相当严厉。

我在这里要强调，所谓"李约瑟问题"其实是个误解，因为他对中国和西方科学史本来已经有一套完整的看法，只不过是以问题的方式引导出这个看法而已，而并不真认为那是需要解答的疑问。所以"李约瑟问题"更应当称为"李约瑟论题"（The Needham thesis）。我这本书的导言和总结都涉及"李约瑟论题",可是它的主体,也就是从第一到第十二章,都是讲西方科学发展史。

我认为,倘若明白了现代科学到底是怎么发展出来的,"李约瑟问题"也就不成为问题了。在国内,科学史著作虽然很少,可是比较详细和有系统地论述西方科学史整体的著作似乎还未曾出现。所以我希望这也可以成为一本有用的参考书。

时代周报:这样说,其实你是由"李约瑟问题"引发,而写了一本介绍西方科学史的书?

陈方正:是,它的确是李约瑟那个论题引发的,为此我需要解答一个相关的,但更有意义的问题,那就是书的副题:现代科学为何出现于西方?

关于这个问题的答案,可以用"一个传统,两次革命"来概括——这本来也被考虑用作书名。它的意思是:

第一,西方科学从古希腊一直到牛顿,中间虽然有长时期间断,可是它的理论、问题、方法、人物、师承,却仍然都是同一个传统产生出来的。

第二,这个传统之所以能够建立,是因为大概在公元前430年西方科学发生了一场革命。革命的后果是出现了欧几里得的《几何原本》,那不只是讲几何学,还讲算术、代数,理论相当艰深。它不是一本教科书,而是数学研究成果的汇编,它的精神在于要求精确的证明。这个古代革命和牛顿的现代科学革命同样有划时代意义:前者开创了西方的古代科学传统,后者则结束了这个历时两千多年的老传统,同时开创了现代科学的新传统,所以叫做"一个传统,两次革命"。

从《几何原本》一直到牛顿的《自然哲学的数学原理》,西方科学有个很重要的特点,那就是它着重基于数学的理解,而并不追求实用,但中国的传统科学则以实用为目标,这是两者的大分别。

(原载《时代周报》2009年5月25日第27期)

第二章　学者　国家的良心

史景迁：
中国近代史课本不该从屈辱开始

文 / 张润芝

史景迁

最帅的汉学家、北美汉学三杰之一。史景迁著史的方式是叙事型的，长处在于描述而非分析历史事件 描述的中心是人而非外在环境，这一切都是为了吸引大众阅读——"如果说我有一个学派，那这个学派就是促使或鼓励读者去思考"。

编者按

  2005年，上海远东出版社出版过"美国史学大师史景迁中国研究系列"，销量寥寥。2011年至2014年间，史景迁在中国风靡得一时无两。2011年，《太平天国》重新出版，他在中国受到了明星一样的追捧；2014年，史景迁巡游中国，北京、成都、西安、上海的讲座抢票程度，媲美春晚。"我一个外国人，用英文写作和演讲，为什么中国人对我这么感兴趣？"史景迁曾这么问过他的翻译。翻译回了一个字："帅！"对于一位极其感性、极其聪明的历史学家来说，这样的回答未免有点小瞧了。

  史学家史景迁在中国受到了明星一样的追捧。一有空就有读者围着他要签名，旁边的朋友经过跟他说："是你啊，我以为他们在围着梅丽尔·斯特里普。"中国人似乎有太多的问题要问他。

  层层包围之中，很难有机会和他详尽地讨论。但是一旦他开始回答问题，就会不由自主地发散、联想，自己再讲出更多的问题，举更多的例子，讲更多的故事。他笑着说："我太太总是说我说话太多了，这可能是教师的职业病。"但是不管面对多少赞誉，他一直很认真地说："中国的历史如此庞大，我们知道的都是非常少的一部分。"

  首届中美文化艺术论坛上，史景迁造访中国，正好赶上他的《太平天国》重新出版，在书架上卖得火热。在他讲述的太平天国里，洪秀全与神棍无二：做的是近似招摇撞骗之事，最大的本事就是以"朕"的名号下谕，把平时的一切纲常条规、律令指示都镀以他的学说。史景迁将太平天国的宗教成分强调得更多，这又是一次让中国人耳目一新的历史描述，史料被细细揭开铺展，文字构成的画卷细腻翔实。

一直以来关于史景迁的争议有二：一是他著史学就像讲故事，但是传统的"故事"与"历史真实"之间的差异让执拗的人心生疑窦。例如《王氏之死》来自1673年的《郯城县志》、官绅黄立鸿于17世纪90年代写的有关县府的私人回忆录和笔记，以及《聊斋志异》的部分，通过一个小县城里妇女和情夫出逃最终死去的故事展现17世纪中国郯城的地震、兵灾、饥荒、土地的暴力争夺、乡权冲突、贞妇烈女的事迹。记录来自《聊斋志异》似乎已经有"不真实"之嫌，而史景迁行文之间甚至有"她看见冬天的山上布满了鲜花，房间里金光耀眼，一条白石路通向门口，红色的花瓣撒落在白石上，一枝开着花的枝头从窗外伸进来"这样梦幻般的描述，和所谓的"历史严谨"似乎并不搭界。第二个争议就是虽然是"史学大家"，但是从来不见史景迁提到任何学术名词，只有对历史细节一再的描述，甚至没有像黄仁宇一样在小处着手叙事的时候强调"大处着眼"。在《中国皇帝康熙自画像》中，全文用第一人称讲述，一段段细节并列铺陈，甚至相互之间并无逻辑联系，难免会得到"观点欠奉"的负面意见。这些争议倒过来看恰恰就是史氏著书令人耳目一新之处。推崇者谓之曰"人性""人文关怀""感知历史细节和图景"，批评者则冠之以"主观想象""缺乏理论"的评判，甚至有传言说钱钟书称史景迁是"失败的小说家"。

史景迁本人这样概括自己的工作："我从来没有写过虚构作品。（I have never written fictions.）"不管中国人是将伟大的意义赋予他，还是将主观臆想的评价加给他，他一再强调史料的重要，保护史料和研究史料是第一要义："中国从17世纪晚期到20世纪初用很少的钱就维持了600万数量的史料——也许是出于偶然，有些留在北京，有些留在台湾——都是保存得非常完好的。我觉得我是守护这些历史秘密的卫士，我有很多朋友、学生都会问我，'这些事情是不是真的发生了'？因为相关的记录已经找不着了。但这正是我们历史学家需要去探寻、追问的问题。历史就在那里，历史学家，尤其是研究中国的历史学家需要仔细地研究，所有关于历史的资料都需要被认真地保存。我在伦敦第一份工作就是公共档案整理工作，我就发现有些文件是编造出来的，我们必须小心防范出现这样的情况。"

史景迁认为，中国的史料叙述本身就很接近说故事，并用最新发现的中国史料举例："我认为中国过去的史料就像故事一样有意思。就在两周之前，我们发现在印度也有一些和中国相关的新闻，在印度发现了中国的一些古沉船，时间大约是乾隆时期。一位利物浦学者研究沉船里的资料发现了这样一个故事：郑和下西洋时，有一个船队成员和一个当地人结婚了，'二战'之后他的后裔举家搬迁到了伦敦。中国古代的史料都非常有意思，像是说故事。"史景迁对于历史中的"故事"的兴趣也许是一种天性，不管谈到什么，他总是用自己研究过的历史人物经历来举例，言谈之间充满同情和代入感——正是他自己首先身陷其中，感同身受，才能写出更多让中国人动容的历史片段。

记者转告他种种中国人给予他的盛赞，他很认真地说："关于中国的史料太多了，那么的复杂、广博，我所做的事情真的只是庞大历史当中非常少的一部分。"话虽如此，但他的涉猎实在是非常广泛，他在谈话中一直引述各种中国史料，用英伦口音说出那些偏门的中国史料名称听起来虽然略显荒诞，但足见其功底。

外界传说史景迁根本不会中文，他的中国学生郑培凯也曾经澄清过，史景迁会直接采用真实的中国史料。史景迁本人说，他觉得中文很难，但是阅读中文也是很有趣的事情："对于西方人来说阅读中文是非常难但是非常有趣的事情。我曾经学习基础的书法课，一、二、三、四……（用手比画）非常有趣。"

第二章　学者　国家的良心

> ## 学术生涯为了更好理解中国

时代周报：你认为两种不同文化、文明的国度之间要达到更深层次的理解和沟通的话，在我们这个时代最大的障碍和困难在哪里？

史景迁：我一生的工作都在尝试回答这个问题。我出生在英格兰，在美国学习中文，后来又到澳大利亚去学习更高级的中文，之后到中国台湾进修。上个世纪70年代初我来到了内地，在那之前我还去过香港做研究。

我研究了20多年的中国语言以及历史，我发现中国是一个非常庞大和复杂的实体。我们有许多因素需要考虑。在我的美国大学教学生涯中，发现阻碍两种文化理解的最大问题就是对社会多元性的理解和认同，中国是一个地理上非常复杂的国家，其复杂性和不均衡性比欧美表现得更为强烈。

在美国，懂中文的人不多，如果要研究中国的问题——比如，中国的国土安全问题——就要考虑到中国作为一个多因素构成的巨大实体的复杂性，以及它和美国之间的差异所在。我在西方教中文、中国历史文化的时候，发现中国人编的课本有一个缺陷，就是当他们讲述中国近代历史的时候，总是从19世纪中国受的屈辱和侵略开始切入。40年前我在开始教授中国历史时就觉得这非常不合理，如果要更好地研究中国历史，我们应该从十七八世纪的中国开始研究。因为当时的中国在世界上表现出一种更自信的姿态。我们应该研究是哪些因素促成了中国在明朝之前的这种蓬勃发展和增长。在这些因素的基础上，怎样导致了中国在19世纪末的衰落，我想这可能是更好的一种研究方法。

时代周报：像你一样，这几年，很多研究中国历史和中国文化的学者都在中国引起了强烈反响。为什么外国学者研究中国历史反而能获得更多的关注？

史景迁：这个问题很难回答。历史的研究可以从多个视角进行，我并不是要在这里批评中国的研究者或是读者，也许他们对外国学者的研究更有兴趣，只是因为这些研究给了他们全新的视角,让他们能从一个与以往不同的角度来解析同样一种现场。

我最初的历史研究由英国史、欧洲史开始,后来才对中国历史有了兴趣。如果说我的作品在中国引起了很大反响的话,首先要归功于中国的翻译。是中国学者的翻译才使得我的作品可以被介绍到中国,还有中国历史学家做的许多工作。中国的历史是源远流长的。前段时间我和中国著名的历史学家郭廷以的孙子会面,当时觉得是一个非常难得的机会,我简直是和过去的一部分,和一部活的历史书会面。

我整个学术生涯是为了更好地理解中国,我的理解还只是像管中窥豹一样少,我的研究主要是在康雍乾阶段,因为我觉得这个时期的中国还面临很多问题,包括内政外交、权力分配等方面,这是当时中国社会所面临的复杂问题。我的另一个兴趣所在是民国早期,清朝灭亡之后,因为当时的中国面对许多不同的可能性,我们都知道中国最后选择了哪条道路。

从资料中寻找历史真实

时代周报:中国人都会惊讶你对史料的掌握,你是怎么找到这么多史料的?怎么判断这些史料的真实性呢?

史景迁:就17世纪而言,我认为最有用的是《朱批谕旨》(又作《硃批谕旨》,雍正朝政务活动的记录)。在大陆和台湾都可以找得到。但无论是台湾还是大陆,都没有全部史料,由于战败,国民政府将很多档案带走,去了台湾。后来人们试图将两岸史料整合起来,但台湾说"这是我们的中华遗产,这是我们的东西",例如陈列在台北故宫的字画。你必须接受这样一个事实:很多书画保留在了北京故宫,还有很多去了台湾,此外尚有不少在美国,被来自中国的商人频繁地交易着。至于原始档案,我们有着极为丰富的收藏,尤其是在北京的故宫博物院，此外还有抄本、影印本，使如今的阅读更加容易。至少在西方，学者们试图将所有的史料整理出来，但是这个数量太庞杂了。

当我们说到"这个事情是真的"的时候，有些有趣的故事很可能会显得很离奇。在我的一本书里我提到了蒲松龄。蒲松龄不是历史学家，但是他有惊人的想象力。

时代周报：你判断史料真假的具体过程是怎样的？

史景迁：我最近一本书（《前朝梦忆》）写的是明朝的张岱。我很喜欢张岱的《陶庵梦忆》，想使用部分该书的内容，但是难以决定应该取信哪一部分。然后我发现，张岱在书里提到过六个用天干地支表示的日期，虽然次数不多。当张岱有想法形成时，他就将之记载于纸上，并加上日期。于是我从别的材料，譬如《大清实录》（应为《清实录》，又名《大清历朝实录》），及其他人推荐的资料中去核对张岱提到的这六个日期，发现这六个日期和其他史料都吻合。这是一个飞跃，使得我能够倾向于相信，张岱书里的其他内容也是可信的。如果这六个日期是错误的，我只能说"这本书是胡扯，我不能用它"。但是这六个特定的日期和其他史料也是吻合的，这就让我有勇气用更为开放的心态来看待张岱，并使用（源于他的）更多不同的信息。

我会自由地选择不同的材料。当然我会倾向于选择比较有想象力的人、质疑社会的人的故事，例如张岱。他对于明清的朝代更迭深感悲伤并加以判断，他甚至替自己的子孙决定是否应该参加清朝科举考试。一开始他认为不应该参加科举以反对清朝。但是在清朝统治20年之后，张岱开始让他的孩子们去杭州考试，还中了举人。自那时起，他开始宣称人们需要变通，需要更加实际。在明朝刚刚灭亡的时候，人们或许深陷于悲痛之中，但是过了20年、50年、70年、80年……张岱和蒲松龄一样活了很长时间。这些前朝遗民越来越老，他们需要自己养活自己，需要维持家族。在前朝灭亡的时候，他们通常失去了自己的土地，或许他们可以将地产买回来，但是张岱买不起，不得不租种自己原有的土地，过着很清贫的生活。但是他和他的孩子们生存下来了。类似的故事一定有很多很多，但是我没有读到。

此外，清代的法律文献也很重要。这些文献在美国被广泛使用。但是在大陆研究似乎很少提到这部分。这些文献提供了关于当时社会非常多的信息。它们都是关于那些在法律上遇到了麻烦的人，读完之后会觉得，看上去似乎清朝有如此之多的异议者，这些人其实可能都是好公民。但是当我有机会使用这些法律文书的时候，就真正能够依靠这些资料来构建我的整本书。这些关于法律的史料也使得我的研究的内在与明、清或者是民国有了联系。

第一个到伦敦的中国人

时代周报：历史研究给了你什么？你工作的动力是什么？

史景迁：研究令人兴奋，非常有意思，有时也令人沮丧。我从没写过虚构作品。我是说，现在的写作是我唯一的写作方式。电脑让人们有了很多写作的新方法，但是我做不来那些，我不喜欢用电脑写作。我喜欢手写，虽然这意味着过后要打字，但这没关系。每当文字落在纸面上，我都感到愉悦，感到我确实能够围绕着我的点子建造出整本书。

时代周报：你最近研究什么呢？

史景迁：我最近的研究是康熙年间一个来到欧洲最终落脚巴黎的中国人（Shen Fu Tsong，即沈福宗，2010年史景迁曾做过一次关于他的演讲），他给了我们一些非常不同的画面。这个中国人旅居欧洲却完全不能理解西方文化。通常我们喜欢描述来到欧洲的人们多么喜爱西方文化，不过这本书里的中国人憎恨西方文化，憎恨欧洲，憎恨鹅肝酱，憎恨牧师，这就突然给了我们一个完全不同的画面，可能你觉得不可信，想否定这些资料，试图寻找其他来源的资料。比如同时期巴黎的警方记录，正如故宫里的法律文书一样，以及法国的资料、英国的资料……我则使用当时英国的资料，以研究这个在康熙年间（1686年）第一个来到伦敦的中国人。当时他居然有能力和英国人交谈。我的问题是：为何当时一个中国人居然能够和英国人沟通？答案是：因为他们讲拉丁文。天主教和新教的传教士教一些中国父母拉丁文，而他们的孩子就此学会了拉丁文。而在当时的欧洲，在学校里、大学里，人们同时学习英语和拉丁语，老师也必须有能力同时讲授英语和拉丁语，这就使一种语言共通成为可能，而这是我们如今的社会做不到的。我们是有在线字典，但是字典并不能真正地"说"。

因此，奥巴马总统致力于推动在小学增加更多中文课程，但是这无疑成本昂贵，并且上哪里找那么多老师？

无论如何，所有这些（上述例子中的史料来源）叠加起来，你总能完成一些研究。所谓的"美国社会历史学"，我们就是这样完成的。

（原载《时代周报》2011年12月1日第157期）

傅高义：
现在中国走的还是邓小平的路

文 / 赵　妍

傅高义

在哈佛，曾两次担任费正清东亚研究中心主任的傅高义，素有"中国先生"之称；在中国，傅高义因为《邓小平时代》（2012）而被广泛知晓。为了写作这本书，傅高义从70岁写到80岁，但实际上，他不是那种孤灯独对、皓首穷经的学者，社会关系众多。

第二章　学者　国家的良心

编者按

2013年，《邓小平时代》是一本明星书，傅高义先生是获奖大户。这一年，傅高义的足迹遍布国内10多个城市，媒体采访报道的网络搜索结果超万篇。据北京三联书店原总编辑李昕先生说，在该年举行的各种官方和民间评奖中，傅高义总共获奖达16次，其中有一个奖杯，来自当年新闻出版广电总局颁发的"中国文化特殊贡献奖"。2017年8月，傅高义接受了《南方周末》的采访，说自己正在写作一本有关隋唐以来中日关系史的书——傅先生88岁了。

在美国学界，或许没有人比哈佛大学费正清东亚研究中心前主任傅高义（Ezra F. Vogel）更有解释中国崛起现象的雄心——至少在资源的利用上。利用工作之便，傅高义在几十年里结识了大量中国高层官员，与他们中许多人的子女有师徒关系，并试图理解他们的困境和挑战。2000年从哈佛大学荣休后，当时年届70的傅高义，接受了《华盛顿邮报》前驻外记者Don Oberdorfer的建议，撰写一部邓小平传记，一写便是十余年。

"我认为邓小平特别重要，在20世纪的世界历史中，他改变了自己的国家，他的历史作用已经超过了其他任何国家的领导人，我是这样看的。"2013年伊始，这本《邓小平时代》简体中文版出版，作者本人出席了在北京三联书店的新书发布会，而作为"中国人民的老朋友"，这位年过八旬的老学者在2012年11月分别在上海和香港作了有关"邓小平与改革开放"的演讲。

与其说《邓小平时代》是一本传记，不如说是傅高义对邓小平所属时代的分析。而用简体版新书宣传资料中的话概括，该书既有对毛泽东、周恩来、邓小平、陈云等人相互关系的细致解读，又有对中共三中全会、权力过渡、中美建交、政改试水、经济特区、"一国两制"、九二南方谈话等重大事件和决策的深入分析。

❛ 我不要求了解什么秘密

时代周报：你在写作《邓小平时代》之前，采访了许多人，比如邓小平的女儿邓蓉、万里的女儿等。你是如何做到的？

傅高义：我认识邓蓉是因为我参加过一个代表团，在北京的时候我见到了她。这个代表团是兰普顿做美中关系全国委员会主席的时候组织的。他把邓蓉邀请过来，但当时我们只是认识。后来邓蓉的女儿从韦尔斯利学院（Wellesley College）毕业，她也来到了波士顿。我就给邓蓉写信，说哈佛想邀请她与研究中国问题的教授们一起吃饭，她就来了。就因为这样我们有了联系，所以后来我研究邓小平给她打电话，问能不能请她谈谈父亲，她也同意了。

我觉得很多中国父母都很喜欢哈佛大学，所以如果以哈佛大学的名义邀请他们，他们大多会接受，我并不觉得奇怪。他们也想了解研究中国的美国人，我觉得这是很自然的。另外一点可能是我本来也不是为了什么目的，我也是想交朋友。为了写《邓小平时代》这本书，访谈之前我做了很多准备，了解他们的背景，搞清楚什么问题他们能够回答。我并不要求了解什么秘密，所以这可能比较有利。

时代周报：你也与江泽民做过一次访谈。那是怎样的"机缘巧合"？

傅高义：我以前在北京见过江泽民，那是1996年带领团访华，我代表大家向他提问，讨论了一些问题……那时候知道他要访美，我就向中国方面表示，如果江泽民想到哈佛，我可以帮助安排。中国大使馆有几位是我的好朋友，他们后来就和我商议具体安排。1997年江泽民访美，在哈佛演讲就是我从中安排和协助。哈佛那次演讲非常成功，最后江泽民在现场还回答了两三个问题，答得很不错。此后我又在北京见到江泽民几次，所以在写作《邓小平时代》的时候，江泽民也跟我谈了他对邓小平的看法。

时代周报：你对他怎么评价？

傅高义：我觉得江泽民让中国继续保持开放姿态这一点上做得非常不错。江泽民非常有幽默感，并且致力于改革开放。

我是客观分析

时代周报：这本书花费了你大量时间和精力，用了整整十年。会不会因此对于一个人物有了感情，从而影响了你的判断？《邓小平时代》在2011年英文版出版后，西方媒体和学界对你在书中表达的对邓小平的态度和判断有一些批评的声音，比较严厉。你怎么看？

傅高义：我觉得自己应该是客观分析，搞清楚他为什么这么想，同时客观分析他的作用和对社会的影响。对于一些曾经生活在北京的记者和其他人来说，他们或许有一些负面的感受，我可以理解，但他们很明显没有好好看书。我知道有知识分子认为我应该更有评判性，但那些认真看过我的书的人说，我对邓小平的想法和行为有着清晰的了解，并且用非常中立的态度讲述这些。我确实没有作出道德判断，我作为一个研究者，认为不应该评价是好还是坏，而是应该试图去了解他想了什么，做了什么，有些什么影响，以及其他在中国的人如何看待他。他为什么这样做，才是我有责任解释的问题。

时代周报：邓小平前65年的生活在你的书中所占篇幅非常少。佩里·安德森在《伦敦书评》上批评，认为"在近900页的书中，只有30页叙述了邓小平前65年的生活，这样一来，人物就完全失去了历史背景"，你怎么回应？

傅高义：关于前面65年写得这么少，我觉得一本书不要太长了，应该有一本，不要有两本。最重要的就是改革开放，所以前65年，我想把最重要的影响到他改革开放那个时期的工作背景写出来，让读者了解。虽然我写得比较少，但是我用的时间的确很多。我开始写了200页，后来是60页左右。开始写了200页，哈佛大学出版社说如果包含这么多事情的话，没有办法在一本书里面写好。所以我认为最重要的还是改革开放，也是为了美国人了解现代中国。我为什么觉得改革开放时期对美国人是非常重要的，为了让他们了解中国，为了了解现在中国的做法，为了了解改革开放的做法，那是非常重要的。

关于佩里·安德森的评论。我认为，写我那本书的书评人很多没有详细看书。我认为这么厚的书，记者、学者也要做很多工作，他没有时间看完，他们有一些自己的想法，所以利用这个书评表示自己的看法，而不是为了好好看书。所以我认为，佩里·安德森是没有读完的，他属于这一类。

（原载《时代周报》2013年1月25日第217期）

第二章　学者　国家的良心

沈志华：
中国人真要研究邓小平，肯定比傅高义深

文/赵　妍

沈志华

　　历史学家沈志华的一生，与档案有缘。前半生，档案砸掉了他的饭碗（因莫须有的不良记录被迫复员）；后半生，档案成了他的精神食粮，是他研究历史的入口：如果把历史研究者看作厨师，档案就是食粮，没有一手档案，难为无米之炊。

沈志华：中国人真要研究邓小平，肯定比傅高义深

编者按

  沈志华的关注度，从2005年开始。那一年，《重读中华人民共和国史》讲座录像流传网络，其中沈志华的"中苏同盟——毛泽东和斯大林""抗美援朝——新中国第一场战争"和"波匈事件与中国——中共走上世界舞台"最受欢迎。录像中他侃侃而谈，用通俗的语言把复杂的历史讲得精彩而生动，立刻成为历史学术领域炙手可热的明星学者。此后，沈志华热度不减：2012年年底，《沈志华冷战五书》出版；2013年，《处在十字路口的选择：1956—1957年的中国》《无奈的选择：冷战与中苏同盟的命运（1945—1959）》等七八部作品接连问世，有人将这一年称为"沈志华年"。

  2013年伊始，华东师范大学历史系终身教授、美国威尔逊国际学者中心高级研究员沈志华一口气推出了《沈志华冷战五书》、《无奈的选择：冷战与中苏同盟的命运》（上下册）以及《处在十字路口的选择：1956—1957年的中国》3套，共计8本作品。一时间，这位国际学术界冷战史研究领域颇受关注的学者再次成了媒体追逐的对象。

  有关沈志华在1995年一掷千金，自费140万元到俄罗斯购买苏联解密档案的事迹已成为学术界、媒体圈广为流传的"传奇故事"。而用最新解密的苏联档案深度解读中国现当代重大历史事件的研究方法，也成为沈志华的个人学术风格，并成为他屡屡推翻中苏关系、朝鲜战争中一些定论的重要基础。

  沈志华一度是位独立学者，直到2005年到了华东师范大学，才走进体

制内。在他看来，中国当代史的研究，即1949年以来共和国史的研究受到一定的局限。局限主要来自两个方面，第一是有些材料未公开，材料受到一定限制。第二是研究方面，"写什么他不管，但是并非都能发表"。他认识一位北大研究"文革"的专家，快退休了才评上教授，就是因为老没成果，"他研究'文革'，不让发就自己看、自己写、自己做研究，那是真正的学者，做自己想做的学问，但在体制内个人就受了很大的损失。他在相关领域非常有名，国外很多学者都来找他，因为他掌握的材料多"。

近二十年来，随着中外关系研究的突破，比如中苏关系、中美关系，势必涉及国内的很多问题。"现在学者通过民间运作、搜集资料，逐步已经在做这方面的研究，不过跟国外相比还是相对较差。比如《邓小平时代》，傅高义就能写出来，中国人就写不出像他那样的，实际上，中国人要真的研究肯定比他研究得深。"

不过一路研究下来，沈志华也大概明白怎么回事了。"历史学有一个好处，跟政治学不一样，政治学的重点是分析的逻辑和最后的结论，而历史学的重点在于把史实搞清楚，可以不做结论。'大跃进'怎么回事，把故事讲透，这个事情真实发生过，怎么知道它有没有发生过，就要看档案、文献、资料，把历史过程讲述清楚。我跟杨奎松说过好几回，他就喜欢做结论，其实都要做结论，但是点到为止。所以有些事情先讲小故事，先讲细枝末节。咱们把这个事从头到尾细细研究过了。这样看完你自然就得出个结论，其实我也没有说谁对谁不对，反正事情就是这样发生的。"沈志华说。

❝ 我只是把真实的东西写出来

时代周报：你的书里每一个章节都会有一个新的对于既成说法的挑战，这跟你上世纪90年代初买回来的苏联档案有很大关系吗？

沈志华： 当然。什么叫历史？历史都是人写出来的，传给后人看。在历史学界有一句话，历史都是历史学家的历史，因为历史都是历史学家写的。在这过程中，在一定时期，需要把历史写成什么样，历史学家就写成什么样。对国民党的看法，对朝鲜战争的看法，当时需要那样写，就那样写了。但实际上历史不是这样的，这些东西都在档案里。斯大林下的电报、金日成发的命令、几月几日开始进攻，其实历史在档案里都有，只是历史学家没有写出来而已，所以社会不知道，社会知道的是历史学家写出来的历史。后来有一些历史学家进入了档案馆，看了这些材料以后发现原来事情不是这样的，我就是其中一个，于是就把真实的东西写出来了。

时代周报： 我印象很深刻的有一个小细节，师哲对毛泽东到苏联去的时间点和你从档案里找出来的是不一样的，按说他是当事人。回忆录的记录应该是很权威的，但是你推翻了。你总是对一些固定的、已有的说法提出了新说法。有没有人站出来挑战你的结论？

沈志华： 历史学对史实的表述有两个层面，一是历史过程，就是发生了什么事，如果大家都尊重史实，而且都掌握差不多同样的材料，这一点应该没有歧义。比如10月1日天安门广场升起了红旗、几月几日开始入朝参战，这些发生过的事如果严谨地讲是不应该出现挑战的，严谨地讲就是我没有看到材料就不说这个话，就说不清楚。但是在对基本史实原因的解释上会有不同，对决策、政策的动机判断会有很大的分歧。有两种情况，一种是没有材料，就靠猜，还有一种是材料都摆在这儿，不同的人有不同的解读、解释。这两种情况都会造成分歧，它们都是对动机的判断，不是历史的过程。

我写过关于朝鲜战争的书，用英文出版过，有两个人写了书评，他们都觉得对朝鲜战争起因的推断非常值得讨论。朝鲜战争，斯大林原来不同意，后来同意了，这一点已经没有任何争论了，这个结论是根据这么多年档案和材料的披露得出的。但是斯大林为什么改主意？说法就很多了，杨奎松认为斯大林看中国革命成功了，武装夺取政权，觉得以后亚洲都可以这样做，也想让朝鲜搞武装斗争，而且他举了很多例子说斯大林赞成中国的经验。但是我经过反复研究材料觉得不是这样，斯大林说的不是心里话，他是有目的的。比如他在《真理报》上发表刘少奇在亚欧工会的讲话，说工会的主要任务就是武装夺取政权。这都是胡说，工会的主要任务如果是武装夺取政权，那工会还能存在吗？工会就是管工人的事，八小时工作制，同工同酬，男女平等，如果让工人拿起武器造反，政府肯定不会允许工会存在。然而斯大林恰恰登出了这篇文章，影响非常大，很多国家的共产党一看就认为是让我们造反，其实不是这样的。因为原来批评刘少奇这一次讲话的，也是斯大林。但是当时正当毛泽东要来莫斯科，而斯大林与他见面有一个目的——维持1945年蒋介石的条约，所以他必须作出一系列让步。看《真理报》，不能光看这一篇文章，要看前前后后是否都在赞扬中国革命的胜利，我把前前后后的《真理报》都拿出来看，发现这件事情很突兀，突然就登了这篇文章。毛泽东对农村包围城市、武装夺取政权很得意，但斯大林并不看重，他并不想让金日成学毛泽东。

时代周报：所以斯大林最终赞成参加朝鲜战争，不是因为他赞成中国经验，而是另有图谋？

沈志华：对。毛泽东刚去莫斯科的时候，斯大林对朝鲜问题的态度跟他是一样的，就是不要让朝韩惹事，但中苏条约谈判结束后，他的态度就变了。因为这一条约的签订，从根本上损害了苏联在亚洲的战略利益，中国收回旅顺口、大连港，苏联原来在亚洲的战略安排和设计就化为乌有了，斯大林需要重新考虑这个问题。当然这也只是我的推断，斯大林是从苏联本身的利益出发，他要弥补就要在朝鲜取得新的出海口，来维持苏联在亚太地区的战略地位，所以他的态度才会发生转变。

当然这些只是推断，因为社会主义国家的外交决策程序就是这样的，即使他说明了意图也不能完全相信。后来斯大林说了一段话，我觉得他是在掩盖他的判断失误。朝鲜战争爆发后捷克人问他，他为什么不去联合国安理会投否决票，这样联合国军不就成立不了了吗？斯大林答复说，他们有意这样做，就是为了把美国拉入这场战争，再把中国拉入这场战争。就好像斯大林把事情设计得非常完美，但其实根本不是这样的，只要看看那些电报就知道了，他原来很担心美国会加入这场战争，后来他同意参加战争是因为他判断美国不会加入战争，因为他们截获了美国的军事情报，再加上杜鲁门的宣言、艾弗逊的讲话。如果这是事实的话，那斯大林的讲话就是事后文过饰非。所以即使斯大林对自己动机的解释，我们也不能相信。

▎文化差异会影响国家之间的关系

时代周报：你的研究有一个整体的研究框架，就是无论中苏关系，还是中朝关系，以及其他冷战期间社会主义阵营中的国家关系，"动荡和脆弱"是一个主要的特点，而你认为根本原因是"结构失衡"，国家关系层面是平等关系，而党际关系层面却是上下级关系，导致理念冲突。

沈志华：对，因为当时社会主义国家的关系就是这样的。我研究过苏南冲突，就是苏联和南斯拉夫的冲突，研究过波匈事件，就是苏联、匈牙利和波兰的冲突，还研究了中苏关系，我觉得真是这样，用这个可以解释所有这些现象，根源就在这里。虽然有个别问题存在差异，比如中国和朝鲜之间有历史上的渊源，中苏之间过去也有关系，苏波也有个别的问题。但同时他们又有共性的问题，抽象出来就是社会主义国家关系不正常，它不是正常的现代国家关系。

时代周报：但是耶鲁大学冷战学者杰弗里·弗里德曼，对你这个解释框架提出了挑战，他认为历史事件是很复杂的结果，不能用单一的因素来解释。

沈志华：对。举个例子，讲中苏关系，造成中苏关系好和不好的变化曲线，最后导致破裂，其中有很多因素，但层次是不一样的。有一些因素会带来长远的影响，比如文化差异。你说文化差异会不会影响两个国家的关系呢？会影响，但这种影响从历史长河中来看是非常漫长的，一个民族对另一个民族的理解、感觉或是感情，这个因素肯定有，但它是在一个比较漫长的过程中才会发生作用的。比如中俄民族之间的冲突在斯大林时期也是有的，但那个时候恰恰中苏结成同盟了，所以这个因素就不是时时刻刻在发生作用，而是在相当漫长的过程中，会被其他的因素诱发出来。当中国需要跟苏联好的时候，就淡化了这个因素；当中国要反苏联的时候，就会把沙皇俄国对中国的侵略灌输到人们的思想中，但实际上这个事情早就存在。

很多人仇视俄国，因为他们强占了我们的土地，但这是后来的事情，需要拿这个因素来唤起民族意识。再比如毛泽东个人起的作用很大，赫鲁晓夫的性格跟毛泽东的性格合不来，两人的私人关系越来越僵化，特别是1958年炮击金门到1959年赫鲁晓夫第三次访华。但这实际上也是辅助性的因素，毛泽东的性格也不是到60岁才形成的，他年轻的时候就这样，他在斯大林面前为什么那么老实呢？虽然他们之间也有不愉快，但他并没有因为个人性格跟斯大林闹僵，恰恰在他们手上中苏结成了同盟。在中国共产党和毛泽东本人还不具备对苏联提出挑战的能力时，这个因素就不会影响双方的关系。相反那个时候毛泽东自己也不提毛泽东思想，也不允许党内人提毛泽东思想，他怕斯大林不高兴。

但是后来情况变了。因为1954年到1956年，苏联还是高高在上的，它还是当然的领导者，中国还是当然的被领导者，而这个时候赫鲁晓夫恰巧觉得自己不行。他没有在中央工作的经验，又不是自己打的天下，竞争对手又很多，所以他很希望毛泽东帮他。毛泽东在政治上确实帮了他，所以他对毛泽东非常尊重，通过他们来往的电报就能看出，特别是1958年的谈话记录，毛泽东稍一不高兴，赫鲁晓夫就说"你看我们有什么错误，我们一定改正"。到了1959年，赫鲁晓夫的地位变了，苏联人造卫星上天，核潜艇下水，粮食连续三年丰收，他在党内的地位慢慢稳定下来了，这时毛泽东如果还用过去的态度对待赫鲁晓夫，赫鲁晓夫就觉得没面子了，而且他也不是好脾气，能在联合国讲台上扔皮鞋。他们的个性因素在整个政治背景下，在结构发生变化的情况下凸现出来了。

时代周报：历史渊源也好，民族情感也好，或者领袖性格，这些并不是根本原因？

沈志华：对。我一直试图寻找一种根本性、深层的原因，这种原因并不会随其他因素的变化而消失。比如毛泽东性格的因素、斯大林多活两年，或者中苏之间的历史都不讲，我觉得这些都不是最重要的，最重要的是在社会主义国家关系当中，本身存在着与生俱来的弊病，即党和党的关系、国家和国家的关系衡量标准是不一样的。

国家间必须讲利益，前提是相互独立，第二是平等，至少法理上是平等的，联合国你一票我一票，你我之间维系关系的就是利益，现代国家关系就是这样构成的。如果利益不均衡，或者条件发生变化、利益诉求也发生变化，就谈判。

但党际关系没有这些原则，党和党之间从生下来就不是平等的，而是层级关系，中央领导各省、各省领导各县，是领导与被领导的关系，而且相互之间也不相互独立。第三国际谁敢说独立？不就是铁托吗？给开除了。什么叫国际主义？什么叫统一？什么叫团结？意味着他们之间没有平等、独立，不讲各自利益，而是讲整体的利益。整体利益并不是各部分利益加在一起，而是要求下级服从上级的利益。这自然就形成了共产主义世界的党际关系。但二战后情况发生了变化，有几个国家的共产党也独立了，掌握了国家政权，这时他们之间的观念开始不一致了。执政党要代表国家的利益，这种观念又不能冲破国际社会主义大家庭的观念，那就连自己的正统性、合法性也给毁了，这是自相矛盾的。在上世纪五六十年代，从理念到行为方式都有点混乱。这是社会主义阵营国家之间关系动荡的根源。

（原载《时代周报》2013年3月15日第224期）

第二章　学者　国家的良心

葛剑雄：
这五年，政协变得更务实

文 / 谢江珊

葛剑雄

历史学家葛剑雄，62岁当选全国政协委员之后，成了"最敢于直言"的一位。但他说，"我最大的特点是知难而退"。除了学术与政务，葛剑雄周游世界，到过南极和北极，上过西藏高原，70岁时登上了乞力马扎罗山。进退自如，端的好风度。

编者按

　　2012年全国"两会"，葛剑雄向时任教育部部长追问研究生考试泄题事件；2014年"两会"，他继续追问泄题事件；2014年"两会"，他批评高考改革"隔靴搔痒"；2015年"两会"，他的提案直指"年底突击花钱"；2016年"两会"，他建议限期解决超生社会抚养费问题；2017年"两会"，他认为法典的制定应有一定前瞻性；2018年"两会"，他不支持高考改革方案，认为中国高考的矛盾不是在考试本身，是在整个社会给高考造成的压力。这么多年来，葛剑雄每次成为舆论焦点，几乎都跟全国"两会"有关。实际上，平时的葛老师和"两会"上的葛委员一样敢言，最近一次接受采访，他提醒年轻人：不要妄图通过《王者荣耀》学习历史。

　　72岁的葛剑雄已经进入"两会"状态。

　　身为全国政协常委、复旦大学教授，每年3月都是他最忙的时候。到目前为止，跟葛剑雄约好采访的媒体已达二十多家。葛剑雄说，既然平时不能把百分百的时间和精力放在政协事务上，"两会"时就该全身心投入，"'两会'期间，我们这些人都是'公共产品'"。

　　葛剑雄一直以敢言著称。2014年，他批评高考改革"隔靴搔痒"；2015年，他直指贯彻"八项规定"不应该影响职工正常福利；2016年，他斥责"轻言高校是腐败重灾区"不负责任——讲到畅快处，葛剑雄爽朗大笑；谈到激动处，又习惯以指叩桌。

当了近十年的全国政协委员，葛剑雄亲历了政协在这五年里的变化："这一届（政协）有很多新的进步，更加务实了"；"政协的双周协商座谈会也是在这一届恢复的，本来已经停了大概40多年"；"王岐山同志也带了一个头，他到政协作报告，来了两次了。第一次来就提出：第一，他自己讲话不用稿子；第二，他讲一个小时，讲完之后留半个小时给大家讨论，请大家提问题。这个机会相当好。"

❝ 政协越来越务实

时代周报：*就要出发去北京了，今年你准备了什么话题的提案？*

葛剑雄：重点关注的还是教育。一方面，政协分为各界别，我是教育界的，理所应当要更加关注教育。另一方面，我在大学，对这一块比较了解。当然也不单是教育，还包括整个社会我所知道和关心的，都会提。

有些提案是基层或其他人跟我提出来的，他们提供情况和意见，如果我赞成并且认为比较重要，就有两种途径处理，一是作为社情民意转送，二是作为我的提案提出来。

我每年都会收到一些意见，还有不少寄来的材料。有的我会退回去，因为很多人不明白提案是什么，什么都来提。学术问题、具体的技术推广问题、涉及个人的、已进入司法程序的，都不能提。另外，提提案还要考虑谁来管这个事，没有承接对象的，向谁提？

我建议他们要改变观念，不要以为很多人提提案才有用，正确的提案，一个人提就够了。也不用联名，联名的提案不见得就有分量。

时代周报：*你当了近十年政协委员，在政协职能方面，最近几年有没有感觉到一些变化？*

葛剑雄：这一届（政协）有很多新的进步，更加务实。俞正声主席经常提醒大家，包括提案，不要搞"提案大王"，我就不信一个人可以提出那么多真正有见地的提案，如果大家能提出几个能解决问题的提案，就很好了。俞正声主席还讲过，有些提案大而无当，说的都是该怎么做，谁不知道该怎么做？问题是要怎么做到。俞正声主席给我们政协委员带了一个很好的头。

政协的双周协商座谈会也是在这一届恢复的，本来已经停了大概四十多年。恢复之后，两个礼拜一次，每次只提一个小主题，比如说安全生产、新型建筑材料怎么推广、转基因等。座谈会还会特别邀请最反对（会议主题）的代表人物来，人也不多，一二十个人，包括政协委员、提提案的人、专家学者、政府部门，当场商量。虽然主题小，但能解决问题，解决了就起大作用。

王岐山同志也带了一个头。他到本届政协作报告，来了两次。第一次来就提出：第一，他自己讲话不用稿子；第二，他讲一个小时，讲完之后留半个小时给大家讨论，请大家提问题。这个机会相当好。

这一届的政协报告——我参加过的——前后来了四位中央领导。王岐山来了两次，李克强总理来了一次，汪洋副总理来了一次，政法委书记孟建柱来了一次。这五次会议，有问题我们都是直截了当地提的，他们也直截了当地回答了。能深度地跟中央领导直接讨论，我很珍惜这个机会，所以这五次我都提了问题，其中四次都是第一个提问。我们提的问题属于内部机密，虽然不便跟你们媒体言明，但我可以说，我们问得相当坦率，有的问题还很尖锐，他们的回答也是一点不含糊。

俞正声主席从第一次开常委会议就说了，习主席要求他明确政协的定位：政协到底是干什么的，有什么法律理论根据？每个政协委员，不是凭自己的热情就能做好的，要守法，遵守宪法，遵守政协章程，包括执政党所规定的政协的功能，政协委员要在这个功能里做，该恢复的恢复，但是不能碰线。政协不是权力机关，抬高了讲是"两会"，但跟人大还是完全不同的功能。通俗点讲，我们就是说话，说该说的话。

政协要民主监督、参政议政、建言献策，政协委员不是普通公民，也不是专家、学者，你的身份就是政协委员。既然一个人的权利义务都是对等的，那首先就要承担义务。好钢要用在刀刃上，政协委员不单在"两会"期间是政协委员，平时也是。

同时要记住不可逾越"红线"。该公开的还是内部的，这个界限要掌握好，不能单凭政治热情，也不能鼓动媒体。所以有的人问，为什么这个话你不能讲？我说如果我今天只是一个普通教授，我可以讲，但作为政协委员，不能说的我就不说。

时代周报：2月7日，教育部副部长沈晓明向媒体介绍，2016年教育部共发布新教育政策81项，绝大部分都得益于代表委员的建议提案。最近几年，政协提案被采纳的比例是不是有增加的趋势？

葛剑雄：提案采纳分为三种情况：一种是该做并且现在就能做的；二是该做的但现在条件还未成熟；三是该做的但一段时间内做不了。譬如我第一次提高速公路节假日免费开放，当时交通部明确答复，一是于法无据，二是现在做不到，没有采纳。但过几年，采纳实施了。

作为提案的委员和代表，尤其是作为委员，要有自知之明。我认为我们国家最大的能人不是在政协，而是在党内。现在好多领导本身都是学者出身，所以政协主要还是起一种推动作用。

"世界一流大学"没有标准

时代周报：去年，你曾说过，随便说高校是腐败重灾区是不负责任的。2月22日，十八届中央第十二轮首轮巡视启动了，这次将对北京大学、清华大学等29所中管高校党委开展专项巡视。你如何看待这一动作？

葛剑雄：复旦跟人大第一轮已经巡视过了，党的十九大以前，这差不多是最后一轮巡视了。中央这样做，省市也会对地方高校进行巡视，基本上覆盖了，这是正常的。

大学不是世外桃源，社会上有什么，学校也会有什么。现在高校规模大，有很多人，涉及很广，当然要巡视。但据此就轻易地套个帽子说高校成了腐败重灾区，这个真的很好笑。我每次都要严厉批驳，谁跟你讲是重灾区？要拿数据来比较。难道大学里采购不用钱的？大学里没有权的？任何地方有不受监督的权力，就肯定会有腐败。

比如最简单的例子，外界把有些大学称为副部级大学，甚至连有些大学教授和有些领导都这么称，这是错误的。中国从来没有一个副部级大学，只是有的学校高配了副部级的校领导（校长、党委书记），而且只配两个，整个学校级别并没有提高。这么简单的事情，到现在大概中国90%的人都不明白。

时代周报： 今年1月底，教育部、财政部、国家发改委联合发文，提出到2020年，中国要有若干所大学和一批学科进入世界一流行列。你认为实现这个目标的可能性有多大？你如何定义"世界一流大学"？

葛剑雄： 第一是标准，什么叫世界一流大学。既然我们强调社会主义特色，那非社会主义的认同不认同？一流学科有的有客观标准，有的没有。人文学科很难有具体标准，但反过来说物理学一流，那是有标准的。但现在恰恰包括国外都在强调，大学不仅要有科学技术，还要引领思想、独立自主，这个就没有一个客观标准了。

但至少在一些重要的客观指标上，我们做得到。假设只拿诺贝尔奖来评，那诺贝尔奖也有很多不确定因素。杨振宁评到了，吴健雄却没有评到，谁都知道这是吴健雄做的实验，但结果就是这样。好在学术界谁都承认吴健雄在物理学界的地位，所以我们也要这样来看"世界一流大学"，既不要太当一回事，也不要不当一回事。

第二，这些年中国学校的地位确实在上升，这是事实。但对我们是不是世界一流大学，往往更多的人是用一种主观的标准来看。比如说北大要有德先生、赛先生，要恢复科学、民主的传统——科学的传统有标准，民主的传统有什么标准？中央现在的做法比以前要进步，很多学校要在整体上一流几乎是不可能的，不如一部分学校是一流，一部分学科是一流，这个思路是对的。

▎社会不应过多干预教育

时代周报：无论是去年北京中关村二小的校园"霸凌"事件，还是近日山东大学将在济南章丘迁设主校区的消息，每一次跟教育相关的话题总能引发热议。你如何看待公众对教育的热情关注？

葛剑雄：我们一直在说要给学校自主权，但全世界都要来监督教育，你有资格吗？

社会不要过多干预学校内部的事情，包括教育改革，事情还没做，外面的人就来评论。有中小学禁止学校内用手机，外面也来讨论，有什么好讨论的？只要不违反法律，学生、家长都自愿，为什么不可以？好的学校就该有一些自己特殊的做法。我记得上海以前的南洋模范中学，校长赵宪初是数学名教师，他的方法就是上课的学生全体起立以后，在"老师好"后面集体背诵公式。放到现在，恐怕全社会都要来讨论为什么强制学生背公式。

中关村二小校园霸凌事件，我觉得很不正常。事情还没调查清楚，本校还没公布决定，媒体甚至是国家权威媒体在尚未弄清楚事实的情况下，就一味指责学校。你有什么资格评论这件事情？学校根据录像和调查认为还未构成欺凌，但一方家长坚持说是，所以我很坦率地说，这个家长肯定是特殊的家长，才能起这么大作用。

时代周报：教育减负喊了这么多年，但现在蛮普遍的一个现象是，家长越来越焦虑。去年有个帖子很火的，一群小学生家长在群里抱怨，现在老师布置的作业都要家长来做，负担比以前更重了。

葛剑雄：减负是伪命题，学生对负担的感觉是不同的。最近复旦附中登上《中国诗词大会》的女孩子，她会感到有负担吗？一是天才，一是兴趣。美国孩子也忙，美国研究生忙得不得了，他为什么不说负担呢？他有兴趣。真正有天赋的孩子不加负担能成功吗？要成功，都要有点负担。

问题就是把那些毫无意义的负担加在孩子身上，超出了他的需要。譬如说这个孩子根本不适合上大学，你非要他上大学，那减得了负吗？现在一味讲减负，特别是由社会讲减负，由行政部门讲减负，这是很好笑的事。怎么减得了？学校减掉了，家长会给孩子加负，业余那么多活动，今天学古琴，明天学跆拳道，即使老师一点作业不布置，家长照样让他学到夜里11点钟。我一直在讲：高考压力来自哪里？不是高考本身，而是来自整个社会。如果真的要减负，那需要全社会特别是家长的共同努力。

时代周报：开放民办教育的资源是解决教育问题的一大方向，但去年出台的"不得设立实施义务教育的营利性民办学校"的规定，是否会打击民营学校办学者的热情？

葛剑雄：我并不完全同意教育部的做法，但我也觉得在当前这样做是不得已的。现在很多中国的民办学校不是真正的民办学校，至少在上海就有很多假的，民办是公办学校改制，利用公立资源将民办办成优质资源，可以多收费。有些老师甚至既要享受民办教育的高薪水，又不肯放弃公办学校的福利，编制还在公立学校。这样的学校再不整顿，会出大问题。

我认为教育部的做法是暂时的。我一直主张允许民办学校营利，毕竟任何国家的公办学校总有一定限度，需要民办资源缓解就学压力。所以我一直强调，怎么保证我们的义务制教育均衡发展？如果将来能做到北京市里的每一所小学的基本条件都一样，家长还择什么校呢？！

（原载《时代周报》2017年2月28日第429期）

第三章

艺术家
诗人与匠人

艺海茫茫，而时代巨变。要了解一件艺术品，一个艺术家，一群艺术家，必须了解其所属的时代精神和风俗概况。但无论时代如何变迁，艺术家始终应是一个热爱世界，关怀宇宙，对与人有关的一切都抱有高度热情的人——一半是诗人，一半是匠人。

第三章　艺术家　诗人与匠人

胡因梦：
从救赎到幻灭

文 / 郭宇宽

胡因梦

李敖前妻、著名演员、第一美女……过去几十年间，有关胡因梦的话题实在太多。时光流转，如今的胡因梦，铅华洗尽，短发布衣，无论世人称她什么，她都笑笑回答：你好，我是心灵导师胡因梦。

编者按

2008年5月，马英九当选台湾地区领导人，两岸关系发生历史性转折，大陆游客赴台团队游正式启动。这一年，胡因梦在大陆出了书，并开始巡回各地演讲。此时的她，已经与李敖所赞美的那个"又漂亮又漂泊，又迷人又迷茫，又优游又优秀，又伤感又性感，又不可理解又不可理喻"的女人相去甚远。洗尽铅华后，她的生活从明星、华服、纷争转为禅意、静修、内省、占星……十年过去了，静悄悄的胡因梦本来已经渐渐从公众视线中远离，她大概没有想到这一天会来得这么快：2018年3月，李敖去世。她再一次成为舆论焦点。

胡因梦，1953年生于台中，20岁主演《云深不知处》，从此展开15年演艺生涯。35岁后专事有关心灵探究及翻译写作，首度将克里希那穆提的思想引介到台湾。1980年，胡因梦和李敖有过惊鸿一瞥的短暂婚姻，两人的故事至今仍在流传。近年，胡因梦多在中国大陆，本报特约记者郭宇宽因此与她进行了连续对话，谈及她与李敖的这段"逆增上缘"。

第三章　艺术家　诗人与匠人

哪个女孩子不爱英雄

时代周报： 在一般人的印象中，当演员的女孩子都比较虚荣，通常不会关心政治，当时你又正当红，生活优越，为什么会爱上一个异议分子？

胡因梦： 这很正常啊，在那种专制时代，有勇气去挑战的人都会带有道德的光芒，有英雄的形象，女孩子爱英雄是很正常的。生活的优越取代不了你内心的追求，我痛恨专制，也许是为了寻找我自己的救赎吧，那时我内心里崇拜救国救民的义士。

时代周报： 你在那时应该说生活很好，那你痛恨的专制到底是什么？

胡因梦： 我从小生长在一个算是比较特权阶级的环境，不仅生活优越，社会地位上也比较优越，在国民党统治的年代，我们一直算是一个特权阶层，用大陆的话来说我们算是"干部大院"里长大的孩子。回想起来，从小我们这样家庭的孩子就很有优越感，我们那时候看不起说闽南话的当地小孩，结果现在我们自己成了"外省人"。

尽管有这种优越感，但我自己一直蛮叛逆的，一个敏感的人用不着非得自己遭到迫害才能体会什么叫专制，我从很小的时候开始，从成人的目光举止中就能感受到权力的阴影。我母亲就是一个挺专制的人，我在后来的书里都写到了，她对自己的孩子总爱控制，我对这种要控制他人的倾向一直非常敏感。

时代周报： 你当演员，在职业中也会感到受控制么？

胡因梦： 当演员也是这样，我们也有"有关部门"给一些指示，命令传递的方式也让你能感受到权力的无处不在，这都是让我觉得不舒服的地方。

❝ 太多期望，太多失望

时代周报：李敖是能带来救赎的人吗？后来分手又是为了什么？

胡因梦：那时我以为他是，那时他的文章对酱缸文化和专制传统有尖锐的洞察，我佩服他的胆识。但是当年在他身上投放了太多期望，很快就发现错了。

比如说他在楼上架一个高倍望远镜，看见对面的施工单位偷工减料，他懂一些工程嘛，就威胁对方要别人送他一套房子，否则就检举揭发人家。包括对自己的恩人他都可以敲诈勒索，别人栽培他，又信任他，把公司的账目都给他看，结果他发现了纰漏，就威胁人家给他一百万，否则就揭发人家偷税漏税，别人不理他，他就威胁现在要涨价了，要两百万。这是他的一种谋生方式。他是一个有着强烈的不安全感，从而对金钱非常渴求，而且控制欲极强的人。

我原来以为我爱的是一个心怀天下苍生疾苦的人，后来发现他其实私欲极强，这样难免就很失望。

时代周报：我也听说过一些，不过很多时候人的公德和私德并不一致，包括像卢梭这样的人物都被批评过言行不一，但这不能否认他当时倡导的理念的价值，即便他自己没有实践到。

胡因梦：我懂你的意思，你看一个人的书是可以不用关心这个人是什么样的。但我的情况不一样，我不是在读一个人的书，而是要选择和一个人共同生活，婚姻不是那么简单的，你不是在和一个观念、一个思想共同生活，而是要和一个有血有肉的人相处。如果和他相处让你不舒服，或者你找到你自己的问题，或者你应该离开。

时代周报：听说你和异议分子结婚给你的事业带来了负面影响，是你离开李敖的一个主要原因。

第三章　艺术家　诗人与匠人

胡因梦：那是从来没有的事情，和谁结婚是我自己的事情，这方面我不会允许别人来左右我，而且事实上也没有人来干涉我，大多数人，包括我的家庭，其实对我的婚姻都挺支持的。

很多时候人们会误解台湾以前的状态，台湾当时虽然比较专制，但这点文明还是有的，他们没有什么理由来骚扰我。我离开他就是一个纯粹的个人选择，李敖总是这样，包括他坐牢也是这样，明明是证据确凿他侵占他人财产被判入狱，非要渲染成是政治迫害，把自己包装得好像悲情英雄，他很会作秀，但这是不诚实的。

李敖是她的"逆增上缘"

时代周报：你和李敖相处的这段经历，肯定给你带来了一些启示，如果李敖不是表现出那些让你不喜欢的"自私"，你今天的人生和思考境界恐怕都会不一样。

胡因梦：没错，李敖可以算是我的"逆增上缘"（佛教语，顺因缘固然可以助人成功，不顺的因缘一样可以激发人潜在的力量，成为励志向上的"逆增上缘"），现在我就不会像年轻时那样很轻易地去认同什么东西了，而对于那些以人民救星姿态出现的人物也会多一份警惕。

时代周报：但也有一些像昂山素季一样的人物，既有挺身救民的道德勇气，又有谦卑从容的优雅。

胡因梦：当然，我也很欣赏昂山素季，她一定有很好的自我修炼和证悟，心中怀有大爱。一个人不通过内修内证就不会参透人间的共业。

时代周报：如今你心目中还有英雄吗？

胡因梦：我今天已经不大容易完全地认同什么东西了，但我相信一个挺身而出反抗权威，并号召别人跟随他的人，如果不是出于内心的大爱，而是仇恨和报复，那是非常危险的，有爱才有真正的智慧。

让身心安驻当下

时代周报：你现在在各地举办心灵工作坊，讨论的大多是关注人心理的问题，这和当年的你有很大的不一样，这种转变是怎么发生的？

胡因梦：年轻时我觉得自己抱负很大，后来意识到自己作为一个个人的弱小，能做的事情其实很有限。我现在不会接受那些理想主义的号召了，现在我不会再想要去救世界，能帮助一个个身边普通的人就不错了。

时代周报：理想主义可不是一个坏词，你反对的理想主义是指什么？

胡因梦：我现在不是一个理想主义者，理想主义者在我心目中是活在未来的人，大多数人之所以痛苦，是他们不愿意把身心安驻当下，而是执着于过去和未来。其实很多都是妄念，既没有价值又很伤神，一个人的身心真能安驻当下那是非常困难的事情。

时代周报：那你帮助那些人的方式是什么？是谈心吗？

胡因梦：谈心是一种，最主要的就是启发别人，帮助他们用自己的感悟来找出自己身心的问题。比如，前些日子一个女孩子来找我，我一看她就能感觉出来她的气血、内分泌都不正常。她一见到我就说："我很孤独，好想认你做姐姐，你能帮助我吗？"我告诉她："如果我这时候答应你的要求，简直就可以完全操纵你，你这样渴求别人的关心，甚至完全依赖别人对你的肯定来生活，怎么可能找到你自己想要的东西。"

这些年来我自己有一些感悟，懂得了很多追求其实和自己的身心无关，看到了自己的执着在哪里。所以我把自己的经验拿来和朋友们分享。

时代周报：你很强调感悟，这和我们日常的经验和思考有什么不同？

胡因梦：我想那是一种身心体悟得来的智慧和理性思考，很多人重视思考但却没有关注感悟，一个人没有自己内心的修证，知识再多也不见得成为一个完整的人。比如我们有时候看到一个小小的干部，可能就相当于大陆的科级吧，架子就大得吓人，在他的上级面前又完全是一副谄媚的样子。他难道不懂得那些做人的道理吗？当然不是，但他缺少的是对自己的觉悟，从这个意义上讲一个人要做到他heart和mind的平衡往往是非常难的。

时代周报：你所理解的一个人最好的状态是什么？

胡因梦：各人也许不一样，对我来说我想要的完满状态是在当下身心饱足，经络畅通。

（原载《时代周报》2008年12月8日第3期）

杨丽萍：

现在做舞蹈太难了

文 / 谢 培

杨丽萍

2018年，杨丽萍这只孔雀60岁了。她顽强地活成了一个符号：美丽、要强、能干、独立，并且，只信自己。在大众和专业之间，杨丽萍用一种近乎巫术的方式获得了成功，无法复制。身边的合伙人这样描述她："在商海摸爬滚打多年的并不天真的艺术家。"

第三章　艺术家　诗人与匠人

编者按

　　从2008年开始，杨丽萍不再是一个纯粹的艺术家。这一年，她不再主跳《云南映像》，票房大跌，合伙人撤出，公司解散。2011年之后，杨丽萍出现在财经板块：先是成立云南响声文化传播有限公司，重组资产。2012年，牵手资本大鳄深创投，但适逢IPO暂停，冲击A股IPO无果。随后，杨丽萍退而求其次，打算以借壳的方式登陆A股，仍旧告吹。2014年，杨丽萍的云南文化终于挂牌新三板，2015年6月变更为做市企业后有了第一次交易。云南文化市值最高时达到9.27亿元，股价24.99元，杨丽萍的身家也一度超过5亿元。

　　这是一段漫长而又富有乐趣的谢幕。60多名来自云南各族的演员，在《云南的响声》演出结束后，依次用各自擅长的才艺向观众表示感谢。杨丽萍的小侄女彩旗甩开长发旋转着、"大弟子"虾嘎跳起了最显功力的一段。此起彼伏的掌声中，演员们分开两边，杨丽萍从中间走上前，深深鞠躬。在接受《时代周报》记者的专访时，杨丽萍的话依然不多，而作为艺术家和生意人的两个她，巧妙融合在一起。

　　在《云南的响声》上演之前三四个小时，深圳保利剧院的周围"黄牛"密布，神色亢奋，他们和买不到票的情急粉丝们形成了一道颇有趣味的风景线。《时代周报》记者在演职员入口处和《云南的响声》主演虾嘎聊天，马上有不明就里、自称"票务公司经理"的人递来名片，说以后可以在票务上多合作。这是国内舞蹈演出难得一见的火爆场面。

时隔4年,杨丽萍把专访的地点再次约在了后台化妆间,时间也是演出前2个小时。

也同4年前一样,她提醒摄影师不要用顶光来拍她,因为那样拍出来不漂亮。杨丽萍穿着自己设计的服装,那是用京剧行头改良的裙子、用老绣片制作的无袖上衣和用新绣片打造的帽子;她还特地拎着一件《云南的响声》中的道具,那是"公老虎和母老虎"一幕里,"母老虎"用来挂在"公老虎"下身的一个红色竹制鸟笼,笼子中间,是一只绿色的竹制小鸟。"云南的女人们不哭不闹,给男人挂上这个是提醒他们:'管住你的雀!'"杨丽萍笑着解释道。

如同这个"雀笼"所显示的,杨丽萍总导演的《云南的响声》依旧将视线集中在云南少数民族质朴的生态文化上,内容大多围绕生与死、男与女、现实与虚幻。但《云南的响声》又不只是将原生态搬上舞台那么简单,杨丽萍说,现在这个叫"衍生态"。

作为云南的响声文化传播有限公司董事长的杨丽萍,做得比"导演、领衔主演杨丽萍"更多,甚至更好。7年前,因《云南映象》而抵押房产、砸锅卖铁的"惨状"还记忆清晰,历经《云南映象》《藏迷》和《云南的响声》,如今的杨董事长已经能够熟练地进行商业运作。《云南的响声》在启动之初就建立了同名文化传播公司,因《云南映象》积累下的品牌与口碑,《云南的响声》在排练的时候就已经有演出商来竞争代理权,最终北京保利希肯以每场约15万元的价格预订了《响声》的全国巡演首轮50场的演出。

杨董这样安排这些资金:项目启动资金200万元,购买灯光、音响花去400万元。她对《时代周报》记者介绍:"《云南映象》灯光音响租一场2000多元,到现在演了7年了,租金都2000多万啦。这次我不租,买灯光设备和音响各200多万,采取分期付款;现在我们剧目、灯光总共投资约600万元,循环较好,很多演出商追着拨款两次了,总计有600多万,算是全部收回成本,实现盈利了。"

第三章　艺术家　诗人与匠人

> ## 做生意就像种地一样

时代周报：《云南的响声》第一场"催生"中，你以一位怀孕产子的母亲的形象出现，创作过程中受到了哪些启发？

杨丽萍：在云南，当一个女人要生孩子的时候，整个村子里的人都会赶过来在周围打鼓，给女人鼓劲。这种场面非常震撼，给了我灵感。

时代周报：你见过这种场面吗？

杨丽萍：我没见过，那是传说。现在都进医院了，但影视剧中看到的实在是太多了。现在虽然医疗发达，但生孩子还是九死一生的事情，生不出来，大出血，肚子上划一刀，很疼啊。女人生孩子的时候后悔，抱着孩子的时候就很喜悦。这些我亲眼见到的，很多很多。

时代周报：你的感觉呢？

杨丽萍：女人是趟着血过来的。初潮是女人的第一个经验，那个时候觉得流血是一件恐怖的事情。初夜也是血，生孩子也是血。红色的血，对女人而言都是要付出的。想要享受天伦之乐，你必须要付出。

时代周报：目前和另外一半的生活怎么样？

杨丽萍：你说的是台湾那位吧？我们现在生活很好。上次《云南的响声》去北京演出的时候，他还去看了。

时代周报：聚少离多的生活？

杨丽萍：我感觉很自由，很舒服。两个人的关系就应该是不索取、不要求，更多的时候要像朋友的关系。一旦向对方索取，负担就重了。家庭、婚姻是一种归属，不是谁是谁的财产。自立和空间非常重要，谁规定一定要待在同一个屋檐下？下了飞机，"啊，你怎么不来接我？"不愿意待在一起的时候还要赔着笑脸，这些都是索取。

时代周报：你的作品中女性都是美丽、独立的，甚至有时候让人感觉强势。

杨丽萍：不是，我们的作品里的男女关系都是阴阳协调的。

时代周报：从《云南映象》到《云南的响声》，大家发现你不仅是个舞蹈天才，也是个商业天才。这次《云南的响声》还没有开演你就收回了投资。

杨丽萍：这就和种地一样嘛，哪天应该下种，哪天应该施肥料，早下一天晚下一天就会有很大的差别。

时代周报：从以前的舞蹈家到现在的文化公司董事长，收入有了什么改变？

杨丽萍：还行。我现在生活很好，我以前生活也很好。我在舞蹈家里面算是很有钱的了，以前的时候走穴，某某演出商请我去跳一个孔雀舞，还有韩红、毛阿敏、宋祖英，当时我跳一个舞比现在这一个团演一场收入还要高，这个团可有上百人啊。不过那也并不好跳，广场那么大，灯光乱晃，谁能看得到你跳孔雀舞啊。

不过现在和以前是有差别的，以前出去跳舞是政府或者赞助商出钱，谁谁谁几十万，出得起。现在是一张票一张票地去卖，像保利这个场，听人说全部卖满了也就是五六十万，你找演出商要30万一场，那演出商不穷得要脱裤子了？

> **要让自己年轻，重要的是身心愉快**

时代周报：之前传闻《云南映象》在美国的演出有上亿美元的利润，属实吗？

杨丽萍：没有媒体说得那么夸张。

时代周报：德国的现代舞大师皮娜·鲍什在去世之前一直在跳舞，跳到了68岁，很多舞蹈家的舞蹈生命都很长。

杨丽萍：我最喜欢皮娜·鲍什的《穆勒咖啡屋》，她在舞台上演一个反复撞到墙的人，就这样（模仿皮娜·鲍什的动作）撞到墙上，退回来，再继续往前，再撞到墙，再退回来。虽然很简单的舞蹈，但是却说出了很深刻的东西。

时代周报：那你现在创作独舞的时候更偏向哪个方面？也是这种表面简单、内容深刻的吗？

杨丽萍：我现在是根据我的身体需求来编舞，我跳的是感觉，是形象，这个才是最难跳的。

时代周报：体力方面呢？

杨丽萍：现在我还能跳。像皮娜·鲍什的《穆勒咖啡屋》，100岁我也能跳啊！（笑）

时代周报：很多人关心你还能跳多久？有人说你要退居幕后了。

杨丽萍：（指着一旁的镜子，端详自己的脸）看镜子嘛，有多好看，有多难看。不好看就不要跳了。

时代周报：对整容怎么看？

杨丽萍：我没有整过容。整容没有用处，你看那些好莱坞的明星，那么有钱，想保持青春应该是没有问题吧，但是又怎样呢？那个黛米·摩尔，整容整到整个脸都僵硬了。一个人要让自己年轻，重要的是身心愉快，这样到了60岁腰杆也会很直。

时代周报：性呢？是不是也是保持青春一个很好的办法？

杨丽萍：性很好，但是也不能太关注感官的东西。"不要贪欲"，精神上的享受更加美好。当然这种东西也说不准。我认识一个佛教大师，一生修行、食素，在60多岁的时候得癌症去世了，这是没有办法的事情，和人的基因有关系。

（原载《时代周报》2009年8月17日第39期）

第三章　艺术家　诗人与匠人

蔡国强：
艺术有那么重要吗

文 / 喻　盈

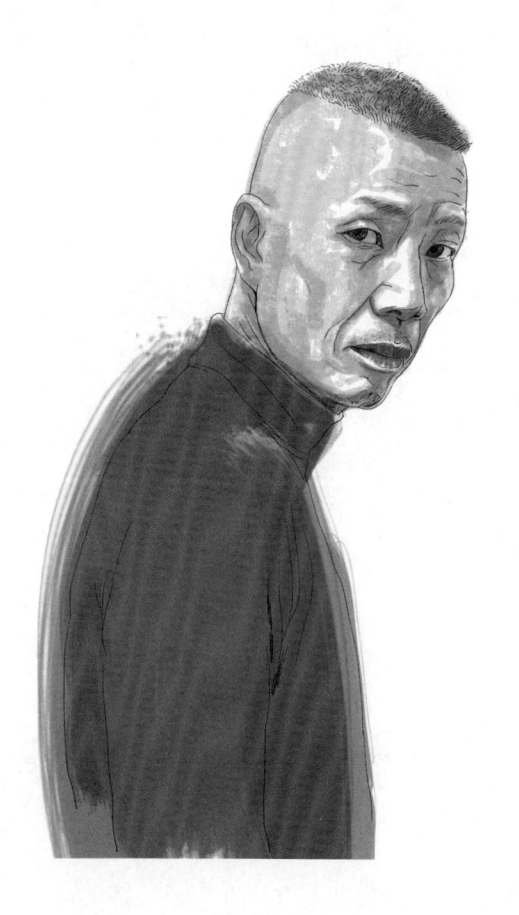

蔡国强

上世纪80年代从泉州出发，30年来，蔡国强在不同文化间成长，成为国际艺术圈最受瞩目的中国人之一：做装置、画画、策展。蔡国强的名言是"艺术可以乱搞"，看似混不吝，却展露了他的部分内心：脆弱、挣扎、妥协。

编者按

2008年北京奥运会上与张艺谋的合作，成为蔡国强走向世界舞台的起点。十年里，蔡国强一直都处在搞大事情的紧绷状态里，这位被西方称之为"Cai"先生的人，两三年便来一次令全世界目眩的巨型展览和表演，在东西方的影响力也日渐超出了艺术圈。2017年9月，纪录片《天梯：蔡国强的艺术》在全国公映，这是蔡国强送给百岁奶奶的礼物。1984年，蔡国强第一次在画布上用火药作画，还不懂得如何控制，奶奶用抹布"啪"地盖灭了燃烧的画布，蔡国强由此知道：做艺术不光要点燃，也要熄灭。这个启示随后浸透了蔡国强的整个艺术生涯，并让他总能够在最短时间里，将自我明确传递给对方，包括他的强烈个性和工作方法论。

2010年5月，以爆破火药画成名，以焰火表演服务上海APEC会议、北京奥运会和建国60周年庆典的当代艺术家蔡国强，至少成了两个新闻事件的主角。

3日下午，他揭幕了上海外滩美术馆的开馆展览《农民达·芬奇》，这是作为国际艺术家的他，在中国策划的第一个"非官方"作品。12位农民发明家以及他们制作的飞机、潜艇、机器人、航空母舰，被蔡国强带进了美术馆，他喊出一句对应世博会的口号——农民让城市更美好。一时风头无两。

次日的北京，另一个展览的开幕又因蔡国强的缺席而引发热议。那是

第三章　艺术家　诗人与匠人

吕澎、朱朱等策划的"改造历史 2000—2009年的中国新艺术展"，作为一次以权威姿态进行的当代艺术十年总结，它基本邀请了所有和中国当代艺术关系密切的顶级艺术家，包括当代艺术海外四大金刚中的三位：谷文达、徐冰、黄永砯，独独没有蔡国强。吕澎回应："在《威尼斯收租院》的巅峰期之后，蔡国强基本上成了一个放烟花的人，从我个人的角度讲，他的学术性得不到我的认可，因为放烟花没有任何意义。"

两相对照，已经可以窥见集中于蔡国强身上的矛盾。

一方面，他是当今国际艺术界最受瞩目的中国人，在西方最重要的美术馆都办过展览，连续多年被英国权威艺术杂志*Art Review*评为"世界艺术界最有影响力的一百位人物"；另一方面，围绕他的争议也一直没有停息。

1999年他凭借《威尼斯收租院》获得威尼斯双年展金狮奖，这一作品将川美雕塑系1965年的"美术样板"创作《收租院》当做"文化现成物"引用、颠覆，造成了迄今仍未完结的版权战争；他对"草船借箭"、火药、中医、风水等中国资源的借取与活用，被评论家费大为认为"玩弄中国传统的文化，但却出其不意地打开了一条创造的自由通道，为90年代的当代艺术带来一股新鲜空气"。同时，也不乏另一种批评声音，比如"蔡国强是冒充前卫而取巧经商的个中高手"（加州大学伯克利分校王爱华的演讲"《马可波罗遗忘的东西》：亚洲创作对'全球'的重构"里，曾对美国艺术圈批评蔡国强的言论做过概述，此处引用其中之一）。这些年，国内几乎所有最高级别的盛典他都没有缺席，为政府献策出力，但回过头，他却又通过《农民达·芬奇》，试图在"集体主义"的世博会面前，为一群草根个体的勇气和创造力代言……

蔡国强说："我自己对自己的争议都没有结束。"他承认诸多矛盾的存在，"但我不认为我这个矛盾需要去解决。"对他而言，人有时就像钟摆，但只要摇摆与矛盾是真实的，他就心安。

《农民达·芬奇》的开幕式，蔡国强照旧穿着他的Prada，并不因为与他邀请的12位农民发明家一同出席而打扮得朴素一些。"我感到我该怎么样就是怎么样,他们是怎么样就是怎么样,我们能够对话、一起做事情,就可以了。"

此前,他曾历时十天,从北京出发,经江苏、安徽、四川、湖北、广东、福建、浙江、江西八个省,寻访这些农民。一路上记者相随、摄像不停,十天的旅程产生了一本书和一部纪录片。被邀请赴上海的农民中间,有些此前只乘过自己造的飞机上天,为了去上海,才第一次坐进商用飞机里。蔡国强对此有些歉意:"可能我做了一个不好的事情,也许他一辈子应该只乘自己的飞机,不乘别人的飞机。"

他说不想用自己的意愿去影响别人太多。无所谓农民们是否知道自己正在参加艺术展:"艺术这么重要吗?你为什么要让农民理解他们现在是在做艺术展呢?有时候我们艺术界会放大了我们的重要性,好像农民理解了自己正在做艺术,就会认为这是件很了不起的事情。他就把展厅当作是他家,能够展示他的机器人,他在推广自己机器人的创造力,就行了。把你美术馆忘掉了又怎么样?把你上海世博会忘掉了又怎样?"

蔡国强用观念包装了这些农民的发明创造。在外滩美术馆外墙上刷下的大标语"不知如何降下",源于农民杜文达制造飞碟时只专注如何让它飞起来,但这里显然是为表达对中国社会高速发展的担忧。在飞机的旁边,有句"重要的不在飞起来",这是对农民创造者精神的评价,也是当今人心梦想淡漠、追求物质功利的反映。

蔡国强又一再强调,不必把艺术当成改造社会的工具。"这个展览不是先从社会议题出发,而是先感到这些农民就像达·芬奇一样应该受到尊重。"

形容展厅的布置,他用得最多的词语是感动、漂亮、好玩。在飞机要降落的地方种草地、野花,半空中飞满风筝,航空母舰里播放记录苏联太空探索历程的影片《我们的世纪》。"那些做飞机的农民,一有空就坐在那边看那个电影,他们每一次都看得很感动,像个小孩一样。只要他们很感动,我就觉得我做好了。种了这么大片草地,泥土的味道很香,他们感到我用心良苦。"

展厅的第一层,首先看到的是山东农民谭成年遇难的飞机残骸。这个狂热的

第三章　艺术家　诗人与匠人

飞机爱好者、乡村飞行员，十年间自制过三架小飞机，2007年4月8日，他驾驶其中一架坠落在山东平阴一幢农家院里，当场死亡。关于这一事故，媒体上曾有数千字长文的报道，蔡国强只选取简洁的几段，投影在两块很干净的大理石上，其中有一句话：他曾驾驶自己制造的"成年三号"将妻子带上蓝天，作为献给妻子的生日礼物。

"我强调的是一个男人，一个中国农民的浪漫。而且不是光浪漫就结束了，我把它投在大理石上，就像墓碑和纪念碑上铭刻着他这种浪漫的精神。"

争议最大的艺术家之一

时代周报：5月8日，在《蔡国强：我是这样想的》《异想天开：蔡国强与农民达·芬奇》两本新书的发布会上，你与陈丹青有一个对谈。陈丹青说："如果提起蔡国强，我们都会有一个符号，这是一个在全世界当代艺术界最成功的中国艺术家。"但他却没有说另一点——你可能也是争议最大的艺术家之一。

蔡国强：那这个又把我给捧了一下。西方那些好的艺术家恰恰也是争议很大的，越是争议大，越说明他的能量和存在。

时代周报：你说，你自己对自己的争议也一直存在，那么你觉得自己身上相互矛盾的地方有哪些？

蔡国强：总体上我是一个很矛盾的状态，但我不认为我这个矛盾需要去解决，没必要。比如说我做奥运，人家说我矛盾，这是一个国家的集体的行为，帮助政府做的事情，和为一些农民的个体存在代言，这不是矛盾吗？但也有不矛盾的一点，（它们）都是我通过艺术跟社会发生关系，推动社会发展的一些小努力。

在奥运的国家盛典里，有一个艺术家，能单独做一件他自己的完整作品出来，像大脚印，这就是社会的进步。因为这是个看不到个人的体制。而且在这个国家的盛典里，任何时候都是展示集体的力量，但是你能看到蔡国强的个人。媒体也会说：蔡国强的大脚印从天安门的上空走过了。这一点我就觉得有所贡献了。你能看到个人，艺术家的创意，在政府的盛典里完成了。

站在我的政治态度，我是主动回来要求为这个民族在此时做些精彩的创意，让外国人瞧瞧。我就是要让人看到中国人是有创意的，而且一个艺术家的个体，是能在奥运里面出现的。

你说它有矛盾，那就是有矛盾。有人说，你已经走遍世界，成了独立的艺术家，怎么还回国，这种想法太简单，我始终还是一个中国人。我有点享受为国效劳的幸福感。这是真实的。当我认为是真实的时候，我就很安心，它就是力量。做《农民达·芬奇》也是真实的。人像钟摆，有时候更多想到大的方面，有时候更多想到个人。

时代周报：你并不强调一种特定的原则？

蔡国强：看起来那么没原则，但还是有原则。这个原则比想象的复杂、深沉，没那么简单。我对个人和工作室总是有两个要求，把人做好，把作品做好，这也是原则啊。

❛ 做东西的本事我有一点点

时代周报：艺术和非艺术的临界点在哪里？什么是艺术呢？你提到很多创作时都会说它很好玩，很有趣，那艺术和游戏之间的区别是什么呢？

蔡国强：我所说的，放在别人身上就不准了。这个通行证就是在我身上的时候准。

我是一个比较会做作品的人。这一点，不要把它当成是在吹自己，请当成是在全世界被证明的。当我离开中国,我参加一些世界性的展览,跟我一起做展览的很多是世界知名的艺术家,但是我每次都用我的作品证明,我是一个会做作品的人。意大利一个很有名的艺术家Maurizio Cattelan告诉我,我在古根海姆的展览他去看了6遍。为什么看6遍?他不是喜欢看中国文化,我经常提醒大家这一点,因为大家老说我用中国资源。他不是去学那些中国资源的,而是看我做作品的方法。我如何用狼,如何用动物,如何用材料、议题,如何把"9·11"这个议题转换成装置、空间。艺术家之间都是在看技术、控制、态度,看这些专业技巧。

我喜欢调侃自己,但做东西的本事我是有一点点。我最享受的不是评论家说我很会做作品,而是我老婆和女儿每次看完我的展览,最终还是会摇摇头慨叹:"你还是很会做作品,唉!"她们之前都听过我的设想,但是来到现场还是觉得展厅是美的、感动的、我这么做是有道理的。其他评论家说这不是艺术,对我有这么重要吗?

(重要的是)家人看你还是有意思的,你还在成长、发展。还有,你对话的那座城市的市民、工作人员都很开心,美术馆也很开心。美术馆跟你合作了以后,要为他们下一个合作的艺术家操心,担心他们不知道该怎么做(来超越你),你这个小男孩就悄悄地得意了,感到"我操!你还是给人刨了坑啊!"(笑)这是真实的,这就是历史。美术史,不要把它想得太复杂。其实毕加索那些哥们也是一模一样的,都是这样给人刨坑,很开心。我这样说可能又把自己抬高了。(笑)

❝ 我就是一个农民

时代周报:你完全是一种小孩子的心态,在做游戏的感觉?

蔡国强:是啊,因为我不愿意说我是先想好很多社会议题的。包括《农民达·芬奇》也是一样,先感到他们这些人就像达·芬奇一样应该受尊重。

诺贝尔奖每次颁奖,国内就有伤感,所谓的"中国制造为什么不能变成中国创造"这些议题，在我看来都是个体没有得到解放。个体解放了，那些事情就都是小事情。这个民族既然要让人感到历史悠久，要对人类未来有所贡献，你就要把诺贝尔奖这种东西看得很轻很淡。可能别人很着急，你不能着急的。你不是历史很悠久吗，不是人才济济吗。

说说这个展览，虽然我说是为自己好玩，为自己的孩子觉得好玩，可是后面的议题还是帮助文化在向前推。它让你在世博会期间的上海，能看到几个具体的中国人，看得到他们的精彩和挫折，看得到他们艰难地要飞起来的执着。

美联社、新华社来采访我，其实我感到他们问的问题很像。他们都说："为什么世博会看了不感动，而你的展览看了很感动？"我说因为从这个展览里你能看到个人，看到真实。这里面很多人有失败，要不摔死了，要不根本飞不起来，但你看得到自己——你也是有限的，你不是无限的。可是，世博会你看不到自己，它是世界最高的科技，一个民族伟大的文明精华呈现，你看不到跟你个人的关系，你怎么会感动啊？它是完美的，可是不真实。我们这个展览这时就有贡献了。

时代周报：你说在国外有人问你身份，你常回答"我是亚洲农民"。这次展览的前言里，你也强调"我就是一个农民"。这很容易被看做一种不真诚的姿态，毕竟在中国当下的现实里，你与农民兄弟的社会地位千差万别。

蔡国强：很多人问我：你为什么说你是农民啊，你真的是农民出身吗？我就不是很喜欢人家要问这么具体。我说，当我上世纪80年代出国的时候，全中国的人在外国人看来都是农民。在我看来现在也没有改变多少。你是不是农民出身这不是很重要的问题。

我也强调这个展览不是为了得到人家的同情，而是要让人尊敬农民。我挑的这些人都是有尊严、很精彩的农民，马云等中国现在最有钱、最有才气的企业家，他们都被这些农民的精彩感动死了。

（原载《时代周报》2010年5月17日 第78期）

张艺谋：

和平时代，好故事不多

文/谢 培

张艺谋

68岁的张艺谋，进入了经常被人批评"江郎才尽"的人生阶段，同时，沉默成为他最主要的生存方式。但他不在乎，依然是出了名的工作狂。最新的消息是，老谋子要在未来六年拍三部网剧。没有天才的导演什么都拍得好，也没有天才的作品，什么都面面俱到。

编者按

2018年5月，68岁的张艺谋接受了波士顿大学人文艺术荣誉博士学位。同一个月，有关他的新闻还有：某家传媒公司宣布与张艺谋签约，老谋子将在未来至少六年时间里执导三部网络系列影视剧。这些年来，外界对于张艺谋的期待，一直是以大师作品为衡量标准的。自2008年执导奥运会开幕式后，张艺谋一直是电影、演出两手抓：从《三枪拍案惊奇》到《山楂树之恋》，从《金陵十三钗》《陆犯焉识》到《长城》；从2016年的G20峰会文艺演出《最忆是杭州》，再到今年上海合作组织青岛峰会上的大型灯光焰火艺术表演《有朋自远方来》，张艺谋都展现了作为一个国家级导演的掌控力。用他的话来说："我们这一代人不喜欢耽误时间。"

张艺谋如同一个精干版的未来战士般出现在《时代周报》记者面前。他绝不是21年前在《古今大战秦俑情》中的那个表情严肃紧张、走路像跳机器人舞的蒙天放，也不是我们在电视荧幕中常见的那个在红毯上带着永恒微笑、言语不多的国际名导。此时的他一身酷黑装扮，外套带有高科技面料的独特质感，时髦的收脚七分裤充满运动元素，脚踏一双有银色扣的高帮运动鞋，黑色T恤的领子竖起，湖蓝色和粉红色的两条饰边分外亮眼。张艺谋笑着对《时代周报》记者说，自己对不同类型电影探索的动因，其中有一点是不想显得太老派。

在40分钟的独家专访时间里，张艺谋的兴致一直很高。我们从未见过有如此多肢体语言、如此高频率笑容的张艺谋，他绘声绘色地表演电影投资人和导演们的心理独白，几句话就把记者带入"文革"那个特殊的年代，说到开心处毫不吝啬笑容，甚至有时前仰后合。专访中，我们时时刻刻能感受到这个西安汉子的真性情，专访结束，他还笑着问我们："怎么样？今天我回答得不错吧！"

有些细节也值得一书。专访开始前，张艺谋拒绝了新的矿泉水，而让身边的工作人员去拿回刚才喝过的那瓶。他说："只喝了两口，太浪费了。"离别前，张艺谋双手合十向《时代周报》记者一一道谢。这让记者联想到他曾在《山楂树之恋》的拍摄现场提醒工作人员不要影响老乡生活时的话："别觉得自己是拍电影的就多了不起了。"

张艺谋觉得中国电影像滚滚洪流，就顺着自己往前走。张艺谋说："不要忒把自己的承载当回事了。"他自己也从来没有把自己驾上高台，依旧在做着有滋有味、风格各异的电影试验。

通过《山楂树之恋》寻找一些东西

时代周报：关于《山楂树之恋》的问题你已经回答了不少，我们问一个细节吧。在《山楂树之恋》中有一段信封的手工制作过程，这让我们联想到你以前的作品，像《三枪拍案惊奇》里有油泼辣子面的制作过程，《满城尽带黄金甲》里面有中药的制作过程。为什么你会用相对比较长的篇幅去关注这样一些细节元素呢？

张艺谋：也不是刻意的。当然我们生活中有一些动作比较有感染力，比你演戏和拿嘴说台词要独特一点。另外，它更具观赏性，可以传递一些信息。可能在以往的电影中，我都是在寻找这样的一些东西，也可能成为我自己的一个传统了，从《红高粱》的造酒开始，到《菊豆》里的染布。

这些生活动作有时候是原作里就有的，我只是把它放大了。比如说像《山楂树之恋》里面的糊信封，实际上原作里写的是糊火柴盒，只是现在老式的火柴盒都不生产了，我们今天找不着糊火柴盒的人和道具了。后来我就让副导演在全国找，我说我相信有一些地区还是保留了一些补贴家用的、手工的东西。我自己想到的是糊信封，后来他们在井冈山附近看到了真的糊信封的，很多家都有。我们选了一家人，把这一家人全接来，把他们正在用的工具全部拿来，然后就让他们来教这些小演员，周冬雨和奚美娟他们，后来还带着奚美娟他们去井冈山那边现场看了一次。陆陆续续这些演员练了快两个月的。他们糊了好多个信封，上千个信封。

时代周报：王蒙在看完小说《山楂树之恋》后说："我们再也不愿去经历这样一段历史，但愿这样的爱情故事已经绝版。"电影《山楂树之恋》在宣传的时候表示在当下这个商品社会里应该推崇这种纯爱、质朴的爱情。这两者之间你觉得有没有什么矛盾？

张艺谋：我理解王蒙这段话，我觉得他应该说的是那个特殊时期的苦难，应该是透过这个恋爱故事看到了苦涩悲剧的本质，所以这种民族的悲剧、对人心影响的悲剧不能再重演了，他应该讲的是这个。这是对的。特殊时期的爱情，你要透过现象看本质。这种偷偷摸摸、躲躲闪闪，这种压抑和扭曲实际都在当中，他着墨多少不重要，他的背后是悲剧性的。

实际上，"文革"谁都不想重演，我认为历史也会离去。所以今天你要是问我如何看待"文革"，我更多地认为是悲剧。但是艺术的东西和历史不太一样，它在悲剧当中有很多类型的故事还是可以关注的。

时代周报：在《山楂树之恋》中，我们感觉更多时代氛围的描写是交给老演员完成的，而两个年轻演员身上似乎看不到太多的时代痕迹，这是你特意安排的吗？

张艺谋：对，原作两个人谈恋爱的时代背景是在1973年，是林彪事件以后。

那个时候相对来说逍遥派多了，逍遥派不分革命派、造反派（笑）。1973年，也就是再过三年"文化大革命"就结束了，那个时候不再是波澜壮阔、疾风暴雨式的革命了，上山下乡也几乎是在走过场，很多人头天敲锣打鼓下去，第二天就回城来玩。所以那个时候年轻人谈恋爱的也很多，也没有那么压抑，那么恐惧。

电影创作应百花齐放

时代周报：谈到这个特殊的时代，你有一部作品在全世界范围都备受赞誉。

张艺谋：对，《活着》。

时代周报：它里面就有涉及"文革"。你在其他的访谈里面也说过对这个时代有很深的感受，希望多拍这些题材的电影。

张艺谋：《活着》和《山楂树之恋》完全不同。因为"文革"是十年嘛，这十年间要看你取哪个角度来拍。《活着》就选取正面角度，写那个波澜壮阔的时代和那个大时代底下的人的悲剧。《山楂树之恋》就绕开了主要的时代背景去选取一个角落，两个人窃窃私语的一个角落。故事完全不同。

当然，我还是最喜欢拍"文革"这个题材的。因为它发生在我16岁到26岁之间，是我的成长期，对我而言印象相当深刻。在大时代这样一个波澜壮阔的政治洪流中才会有许多生动的故事。我对这种类型的故事是最情有独钟的。

时代周报：本报之前采访徐克导演的时候曾问他未来想拍什么样的电影，他说他想拍一部让人永远看不厌的电影。你未来最想拍一部什么样的电影？

张艺谋：当然，能给我一点自由选材、自由的艺术处理的话，我第一想要的还是我十年"文革"的题材。因为我觉得在那种大时代的背景下，人的命运特别丰富。在和平时代，坦率地说，好故事不多。

❛ 市场上每条狗都可以叫

时代周报：以往本报采访海峡两岸知名导演的时候，都会请他们谈谈对中国电影行业的担忧和建议，"投资商跟风""唯票房论""文艺片空间被压缩"等等提得比较多。从你的角度看目前最需要担忧的是什么？

张艺谋：其实我们说中国电影有很多问题，很多困难，我都同意。我自己认为，可能今年、明年，中国电影行业面临的最大问题就是WTO的裁决。当然，我不知道后来中国抗诉的情况会怎么样。但我们势必不能用行政手段扛到最后，WTO之后我们中国的承诺势必要兑现的，也就是中国电影市场向美国可能会更加开放。好莱坞的电影可能不止每年20部，而是40部、60部地进入中国，我认为最终一天会成为这个局面。以主流的商业娱乐的角度来看的话，全世界都不是好莱坞的对手，不会在中国出现奇迹。

中国电影行业现在每天增加3块银幕，未来希望会增长到1.5万块银幕。现在才5000多块银幕，《唐山大地震》就能卖到6亿多，到1.5万块银幕的时候，一部中国电影可以卖二十亿。没问题，我们会成为全球第二大市场。但到那时候我们谁能说，这些数字不是为好莱坞准备的？有多少是留给中国人的？我觉得那个时候才是更严峻的时候。

当然，回到电影创作本身来讲，毛主席说的话是对的——百花齐放，百家争鸣。从投资到选材到拍摄到风格到发行，都应该百花齐放，百家争鸣。所以什么类型都不是多了而是少了，现在不要着急赶紧就划道，不要着急建立什么规范。这个我看谁都指挥不了，像房价一样最后就按自个儿的意思走。中国电影的方向可能像这个，所以我也更不会说什么这个那个，开一大堆药方，没有用，它一定会按照自个儿的方向走。

时代周报：在这个发展过程中最关键的、最重要的元素是什么？

第三章　艺术家　诗人与匠人

张艺谋：我倒认为最重要的应该是观众，是年轻的观众，因为十年以后的电影观众不是90后，而是2000后、2010后，他们才是看电影的主力。我认为最关键的是年轻的电影观众对国产片的热情，这个最重要。要是像香港、台湾那样子，年轻人认为我们的电影等于不好看，等于我不去看，那一年就是有多少力作，有多少王艺谋、李艺谋，得了多少奖都没用，对电影产业一点用都没有，自娱自乐！

时代周报：为了应对你看到的这个未来，你觉得大家可以做点什么？

张艺谋：就是自己拍好每一部电影。文艺的也行，商业的也行，我们自己不要单一化。我看到的导演有大部分都厚此薄彼，这个当然就不对了。搞商业片的就说小独立片不灵了，小独立电影在国外得奖了就说商业电影挤压独立电影空间了，庸俗了，大家互相瞧不上，这实在都是些小家子气。

市场上每一条狗都可以叫，咱要把自个儿的事弄好，不要说什么谁把谁欺负了。要出文艺那就把文艺拍得非常吸引观众，别人也喜欢；或者你光得奖，想办法让观众喜欢；拍商业就拍到真能卖钱，年轻人也爱看，也有自己的明星。把自个儿的事做好，别看别人不顺眼，别排他。你还八字没见一撇了，这就拆拆拆，一大堆事儿就出来了。电影圈内还经常开论坛，各种人来开会，提意见。我认为这是短视。

我觉得电影行业完全像房地产，不看谁的意见，谁说都没有用，它自己像滚滚洪流，就顺着自己往前走。

时代周报：这么多年来你从来没有停止对新类型电影的探索，是不是和你的这些思考有关。因为你认为中国电影做的探索不够？

张艺谋：哎呀，我都不敢拿那么大的责任要求自己，指导自己。对我而言，一个是挑战自己，一个是也有一点弹性，还一个是别让自己那么老派。我完全是自个儿一个人在想这些东西，我还真没跟这个伟大的事业做那么多连带关系。所以我老说其实导演很简单,我们说我们承载了责任,我们确实有一种无形的责任,但是你也别把那承载的责任忒当回事。一旦太当回事,自己的动作就容易变形了,运动员上场就不会跑了。

"山楂树"一败涂地也有意义

时代周报:很多人把你看做中国电影的标杆性人物,无论是国际名作还是商业大片。如果让你回头比较一下,在拍《山楂树之恋》的时候和拍《活着》《英雄》的时候,你的心态有什么不同?

张艺谋:其实都一样。外界对我有很多猜测,比如我的成长道路啊,理性安排啊,战略取向啊,包括创作心态,外界不了解情况就会有许多猜测。我自己觉得没有什么心态上的改变,当然我年纪越来越大了,可能越来越有经验了,生活履历也越来越多了。但是实际上,对待创作,我自己的态度是一贯的,没有什么特别的变化。我自己的喜好也几乎是一贯的,原则上我是喜欢设色浓郁、风格强烈的。每次大家所看到的不同都是因为故事不同、取向不同,因为你在拍电影的时候考虑不同。

例如《英雄》,大家说那是中国大片的一个开始,但实际上开始的时候根本没往那个方面想。原来只是因为我一直喜欢武侠片,所以一直在搞这个剧本,当时还是按照我的惯例从文学改编开始,可是金庸、古龙、温瑞安、梁羽生他们的好作品都改完了,我不想重复,所以就自己攒一个吧。正在攒得差不多了的时候,《卧虎藏龙》横空出世,我们当时就说,哎呀,这个不要再拍了,再拍就是跟风了。(笑)但是实在是因为剧本攒了三四年了,我又是个武侠迷,所以还是拍了。还有一个原因是,《卧虎藏龙》和《英雄》的老板是同一个,《卧虎藏龙》带来中国武侠电影在世界大卖的局面,老板就跟我们说:"要不要李连杰,要不要梁朝伟、张曼玉?"我说:"可以吗?那样得多少钱?"老板就说可以

第三章 艺术家 诗人与匠人

啊，现在这样的电影好卖啊。所以就在老板的鼓动下拍了现在大家看到的《英雄》。就这么把一个中小型的武侠片弄成了一个当时最大的电影了。所以你看我自己都是无意识的，并不知道商业片来临了。我还没有这么嗅觉敏锐呢！没那么刻意去想"商业时代来临了！自己要做第一个吃螃蟹的人了！"

时代周报：有人说你现在的状态是"见山又似山"，应该有点达到了无拘无束只做自己想做的电影的境界。但每一位导演面对票房、面对市场都会有压力。你自己怎么看待？

张艺谋：我们就举最近的《山楂树之恋》为例。《山楂树之恋》上映的档期不是最好的，前面有《盗梦空间》抑制着，后面有三四部武侠大片，我们像一个尖尖角一样在这弄点所谓感情、爱情戏。所以我就很好奇，在这前后夹击、档期不好的情况下，这一类电影，加上我这个招牌，再加上原作，再加上看起来宣传得不错，这样的电影可不可以卖得好一点，有没有可能收回成本、略有盈利？这个意义不在于我，不在于给这个片子，它的意义在于给后人一点启发。

咱就这么说，结果如果是《山楂树之恋》一败涂地，票房惨败，所有人都会看样子，说："张艺谋拍这类影片都卖这样，咱们还是不要弄了吧。"主要还不是导演不拍，而是投资人不投了。如果说《山楂树之恋》前后有夹击，市场氛围并不见得好，结果还能不错，那许多投资人就会说："可能有好的导演、好的故事、好的宣传，这类片子就有利可图。"就有更多人来投资这类片子。实际上这给了大家更多元化的空间。我倒觉得这个意义恐怕在这里吧，其他你说有什么？功名利禄就是那一套，没有什么了吧。

❝ 多一亿人知道南京大屠杀

时代周报：咱们谈谈你的那部《金陵十三钗》吧。

张艺谋：这个是我2007年奥运会之前拿的题材，严歌苓的原小说。名字取得比较独特，我一看名字就很有意思，它讲的是13个妓女如何拯救13个女学生的故事，我认为还是很感人。在以南京大屠杀为背景的故事中它是另类，它不是那种庄重、庄严的正剧，多少有点另类，但是也写了伟大的民族精神。我自己很喜欢的原因就是这个故事有独特性。这四年来我们一直在修改剧本，因为男一号是外国人，所以希望好莱坞的一线演员能够参加。

时代周报：你有没有心仪的？

张艺谋：我不会说的，等我们谈定了，我们就会发布。《金陵十三钗》不像以前中国电影为了合拍而合拍，为了国际而国际。人家一看，没啥戏啊！谁来演啊？《金陵十三钗》的男一号不是花瓶，在他身上承担了主题，所以会吸引人来演。这种国际主义的主题、救赎和人道主义主题也恰恰是大腕们喜欢的主题。我觉得可能有这个机会。

如果有这个机会，坦率地说，全世界会多出一亿观众。我指的不是票房，而是全世界多了一亿观众知道了南京大屠杀，你说多好。中国每年抗议日本政客参拜靖国神社，但很多西方人仍旧不知道这段历史，他们不关心。他们自己把犹太人题材弄了多少回了。如果这一个好莱坞演员会吸引来多一亿的观众，这就很让我兴奋。这是我这么多年来一部比较重量级的作品，主题故事人物都比较复杂，所以我一直在准备。

（原载《时代周报》2010年9月27日第97期）

第三章 艺术家 诗人与匠人

娄烨：

"花"在威尼斯

文 / 曹语凡

娄烨

娄烨导演的电影，多以性和暴力表达，直白纯粹。娄烨屡屡碰壁的人生，表达出第六代导演的集体困境。年年岁岁人不同，当年追看娄烨的文艺青年变成了文艺中年，提起娄烨，只依稀记得那独具摇晃感的镜头、泛黄的色调和年轻时抑郁的自己。

编者按

作为第六代导演的重要代表人物，娄烨经历着大部分作品被观众们看不见的境遇。从2006到2011年的五年里，娄烨是中国电影的旁观者，虽然与中国电影产业无关，却从来没有离开过电影创作。2011年9月，娄烨五年禁拍期限已满，两个月后就投身新片的紧张筹备之中。解禁后，看得见的娄烨迎来市场的现实考验。2012年，娄烨凭借执导电影《浮城谜事》获得第49届台湾电影金马奖最佳导演奖提名；2014年，娄烨的《推拿》获得第64届柏林国际电影节最佳金熊奖提名，并获得第51届台湾电影金马奖最佳剧情片等六项奖项。去年接受采访时，娄烨还在笑称："我现在还不太会拍电影，每当拍一部新电影的时候，我都感觉我忘了怎么拍电影。"

2011年8月，北京的阳光依稀透出些秋天的气息来，从电话里也能感觉到娄烨内心愉悦，不仅是他执导的新片《花》（Love and Bruises）为今年的第68届威尼斯国际电影节"威尼斯日"非竞赛单元（"威尼斯日"单元）揭幕，也不仅是"五年禁拍"期限已过，他又可以在国内拍电影了。

自1990年以来的21年里，导演娄烨拍摄了七部电影作品。从怀着踏出北影校门的冲动，集合一班朋友拍摄的处女作《周末情人》，到《危情少女》《苏州河》以及法语片《花》，几乎每部作品都在国内外获过大奖。其中，2000年拍摄的《苏州河》曾是流行最广泛的独立电影，香港发行的DVD封面把基耶斯洛夫斯基、希区柯克、王家卫和《苏州河》扯到了一起，足见观众对这部电影的青睐。然而不可思议的是，娄烨的七部作品中，只有一部《紫蝴蝶》在国内院线公映过。娄烨的影迷称他是真正的"地下导演"。对此，娄烨也总是有些许的尴尬，他并不希望自己的电影老是处于"地下"状态。娄烨对"地下"电影的理解是：按照自己的想法和创意拍的片子。

"虽然地下电影存在着很多自身的问题，但总体上说，多年以来，地下电影所做的努力就是能让电影审查制度放宽些，在很大程度上也确实推进了中国电影体制的改变。"娄烨说，但他并没有举过多的例子，他认为这个问题观众能感觉到——那些在早期电影里看不到的"同性恋"问题，现在也可以公开谈论了。

"禁拍五年"已过

与贾樟柯同样被称为"第六代导演领军人物"的娄烨，其电影在还未通过电影审查的情况下亮相戛纳电影节，被国家广电总局开出"禁拍电影五年"的罚单。

娄烨说自己小时候是个很皮的孩子，闷着皮，他可以在他们家的院子里一个人皮一下午，不用人管，等大人回来一看，那些花草全完蛋了。这种"皮"的性格长大以后也没有改多少。这并不是娄烨拿到的第一张罚单，2000年，他因为电影《苏州河》未获批准就参加电影节评选，受过禁止拍片两年的处罚。在那两年里，他写了《紫蝴蝶》的剧本。而在这一次的五年中，娄烨先是在2009年，以中国香港与法国合资拍摄了《春风沉醉的夜晚》。该片代表港片出征戛纳电影节，并获得最佳编剧奖。在戛纳，娄烨第一次在公开场合声明，他和他的制片人希望能够早日取消五年被禁止拍摄影视的规定。但禁拍并未取消，娄烨也没闲着。

曾经因为《苏州河》《紫蝴蝶》和《春风沉醉的夜晚》在国际上受过好评，娄烨和欧洲电影人的合作一直很频密，他的制片人耐安此前也曾强调说，"这个阶段正好适合拍一些海外片，他的语言、技术能力以及影片的市场可能性都让他具备了拍摄海外电影的可能性"。娄烨执导的第一部外语片就是《花》，该片在筹备阶段被选入2008年戛纳电影节的"工作室计划"单元，获得了工作室基金的拍摄资助，从制片到拍摄，均为法国背景。但娄烨的工作人员说，还是有两天涉及北京的故事。

《花》在水城威尼斯亮相备受关注。此时，"五年禁拍"期限已过。

男主角是凯撒影帝

《花》是娄烨执导的第一部外语片，他坦言拍摄该片纯粹是尝试拍摄一部法国电影，所以完全没有考虑过中国市场。但尽管如此，这部电影的故事依旧是"中西合璧"，电影的女主人公"花"是一位中国大学女教师，跟随情人去巴黎而辞去了工作，到巴黎之后却又被情人抛弃了。之后，"花"放任自己的生活，体尝到一种不管不顾的自由。她疯狂地爱上了年轻的工人马蒂欧，马蒂欧也深爱着"花"，虽然他有时认为对待"花"并不比对待一只母狗好多少。

爱情一直是娄烨电影里延续的一个主题，《花》讲的也同样是爱情，但是否会像他的前作一样故事总是讲不顺畅，情节混乱，色彩迷幻？对此，娄烨坦言他在这部电影里做了很多尝试，语言和技术都不断地进行新的挑战。而原小说作者刘捷作为编剧的加入，也使故事变得流畅。

故事处理上，刘捷坦言她与娄烨的想法有不谋而合的地方。电影最终延续了小说和剧本的方向，根据这个方向，却走向了"之间"，这个"之间"不是表现人物语言上的差异，而是强调人性深处的疑惑。人与人之间，不同的事物、文化、种族、地域之间，性和爱之间，暴力和温柔之间……由此，更强调了人物身处这"两者之间"的困境。

这是娄烨作品的一贯风格。片中饰演花的是初涉大银幕的华裔法国女演员任洁，她此前是一位模特。男主角是凭借2009年的戛纳电影节评委会大奖电影《预言者》一炮而红的塔哈·拉希姆，娄烨说，其实他选择塔哈时，他还未因《预言者》而获得凯撒影帝等多项殊荣。娄烨很喜欢他，认为他很迷人。

没有放弃中东的电影计划

时代周报：这部电影的名字为什么叫《母狗》？后来为什么又改为《花》？

娄烨：其实原来电影的中文暂用名为《婊子》，在制作过程中，我和刘捷都同意把名字改成《花》。因为从中文来讲，这是一个很好的双关语。

时代周报：能谈谈你拍这部电影的初衷吗？法国华裔女作家刘捷的小说有什么吸引你的特质？而她同时又是这部电影的编剧，在电影里又做了哪些亮点？

娄烨：当时刘捷给我看这部小说的时候，我很喜欢，原小说中就有很多直觉的神秘性的东西，刘捷几乎让这些东西完全裸露在外面，这也是首先感动我的东西，我被这种东西吸引，我觉得神秘性本身就是人性中最有意思的部分。电影和小说有很多的不同，我们试着从不同的角度去呈现小说所给我们的那种神秘性的直觉感受。我很高兴跟刘捷合作，她是一位非常了解电影的作者。

时代周报：第一次执导法语片有什么感受？今后还会在外国拍电影吗？

娄烨：这是我的第一部外语片。在巴黎工作两年，感受很多，感受到法国作者电影传统形成的对电影作者的尊重，以及一种很放松的工作状态。会的，我一直没有放弃中东的电影计划。

性是爱情的正常表达

时代周报：你此前的电影总是喜欢埋伏很多的线索，提很多问题，但又喜欢让问题处在不确定当中，《花》也是这样吗？

娄烨：《花》的问题是处在不同的文化、地域和不同的政治环境之中的那种"不确定"状态。爱情问题本质上是人的日常生活问题，人与人之间的关系问题，同时也是一个时代或社会问题很好的样本和缩影。所以通过微观的爱情看到宏大的背景，比如"阴三儿"的一些作品几乎已经超越了很多对今天中国的严肃的社会性描述。

时代周报：你的电影总是尽可能地去还原生命的本质，在某种角度上更西方，不太"中国"？

娄烨：我不知道中国电影的诉求是什么，也不在乎，我在乎的只是在日常生活中的普通人生活中的诉求。

时代周报：你喜欢用大量含有性的镜头，这也是你电影的一大特色。

娄烨：这不是什么特色，这是最"正常"的表达，因为性就存在于爱情中间，就像其他的某些问题也总是会存在于我们生活中间一样。只是我们在生活中，我们长时间看不见一些真相，也不追求它，慢慢地习惯了看不见真相的生活，然后突然看见了，就会觉得有些"不正常"了。其实不正常的是我们自己。

他符合我对男主角的想象

时代周报：周迅、李冰冰、章子怡、郝蕾、谭卓等女明星都加入过你的电影，哪位女星更能延续你的风格？

娄烨：我很荣幸我在不同的阶段、不同的状态和不同的时刻遇见她们，与她们合作拍摄不同风格的电影，感谢她们。她们是我电影的记忆。

时代周报：《花》延续了你此前电影中表达女性的一贯风格，内心都够复杂，能谈谈这部电影的女主角吗？

娄烨："花"是一位社会学和法语专业的老师，也是一位兼职的翻译，她一直生活在不同的文化、地域、种族和不同的政治环境中间，我能够理解"花"在"两者之间"的感受，那其实就像是在"爱和伤"之间的感受，那是一种真实的、人性的，但却是孤独的感受。

时代周报：能谈谈你起用塔哈·拉希姆来演这部片子的过程吗？此前，他凭借《预言者》获得法国电影凯撒影帝殊荣。

娄烨：我第一次见到他是在一本杂志上一张小的照片，我觉得他很接近我对马蒂欧这个人物的想象。很快我们在巴黎见面了，他当时刚刚完成《预言者》的拍摄，很疲惫，说话很快，我很喜欢他，而且，我觉得他太接近马蒂欧这个人物了。半年多之后，2009年的夏天，我们在戛纳参加闭幕式的party，我的《春风沉醉的夜晚》获得编剧奖，他主演的《预言者》是评委会奖，我们像是久别的好朋友，都很快乐，这也让我看到了我心目中马蒂欧的另外一面，非常好。之后我们很快决定由他来主演这部影片。

❛ 所有电影都很难找投资

时代周报：很多导演对国外市场没信心，《花》在国外市场的情况是怎样的？

娄烨：国际销售刚刚开始，年底会在全法上映，所以一切也处在"不确定"中。从现在所获得的信息来看，因为是我的第一部外语片，所以大家都很感兴趣。这是很好的开始。

时代周报：这部电影拿的是海外投资，也是在国外上映，你是否像有些导演一样为了迎合外国观众，连台词都很"西化"？

娄烨： 跨地区联合制片已经成为最通常的电影行业行为，因为这样对电影投资更安全，因为你可以在世界范围内寻找你的电影的受众，同时可以充分保护电影作者创作独立。所以从商业角度，不管是中国观众还是外国观众，"迎合"都是最愚蠢的做法，而且你也迎合不了。其实也谈不上"西化"。因为《花》本来就是一部法国电影，原则上，我是在为法国电影工作。作为一个中国导演，我很荣幸能够有机会为法国电影做点什么。

时代周报： 在国内外都涌现过很不错的独立电影，你是否有过做独立电影找投资难的感受？

娄烨： 从行业角度来说，不是独立电影找投资难，而是所有的电影找投资都会难。因为现在的电影已经是一个夕阳产业，大家可能都在夜里，而中国电影的迟到造成了中国成为世界电影市场的余晖，这是我们的机遇。但是如果因为我们自己的体制的落后，错失这个美丽的黄昏，那我们就很难在第二天黎明和新的世界电影工业站在一起。

（原载《时代周报》2011年9月12日第146期）

第三章 艺术家 诗人与匠人

吕效平：
我们至今没有遭遇任何压力

文/赵　妍　赵相杰

吕效平

南京大学文学院副院长，《蒋公的面子》导演。2013年，《蒋公的面子》像一匹黑马，杀入了公众视野。这部不够精美、尚有稚嫩之处的校园话剧，屡屡创出奇迹，成为社会热点话题。吕效平认为，"理想坚持之难、青春坚持之难"是人类最该关注的问题。

编者按

　　2013年，《蒋公的面子》占据了各大媒体的文化版面。和《驴得水》《北京法源寺》《大先生》一样，《蒋公的面子》最终由单纯的喜剧演化为文化事件。2014年4月，《蒋公的面子》推出2.0版本，多媒体手段介入舞美，节奏和表演细节得到改观；2015年4月，又推出3.0版本，台湾团队接手导演和制作。期间，吕效平趁热打铁，又导演了《〈人民公敌〉事件》。这出戏的排演经费，来自《蒋公的面子》的票房。吕效平曾在接受采访时说，《蒋公的面子》令他印象最深刻的，是这部戏上演之后社会各界对它的评价，"我个人认为，到了我们这个年纪更应该警惕一点，我们总是把我们曾经最辉煌的时候当做全世界的巅峰，以后见到的任何新东西都认为是不如自己的。如果不想被世界抛弃，那就必须去理解当代世界"。

　　一段南京大学校园内广为流传的轶事，被一名大三学生编成了一部《蒋公的面子》，自去年5月开始在南京大学校园演出30多场，场场爆满。今年1月13日，这部原为南京大学110周年校庆活动的话剧第一次走出校园，在南京紫金大戏院进行了首场正式公演，好评如潮。如今，该剧于4月3日正式拉开全国巡演的序幕，首站登陆上海连演4天。

　　《蒋公的面子》切入点很小。1943年，蒋介石初任"中央大学"即现在的南京大学校长，请中文系三个教授吃饭，想吃不想吃的都有难处。究

第三章 艺术家 诗人与匠人

竟是蒋公的面子重要，还是自己的内心、自己的利益更重要？三位教授非常纠结，他们中，有人痛恨蒋的独裁，却又因为时值战乱藏书难保需要蒋的帮助；有人潜心学问不谈国事，却明火执仗摆明自己就是一食客，想到席上难得的好菜已难掩激动；有人支持政府愿意去赴宴，却硬是放不下文人的架子，要拉另外两人下水。他们争吵了一个下午……

二十多年后的"文革"，他们必须交代是否接受过蒋的宴请。三人再次见面，谈论当年到底去没去赴宴，诚惶诚恐地回忆往事，真相难觅，各执一词，谁也说服不了谁。

"所有的好戏都是指出道德的边缘所在、困境所在。《蒋公的面子》之所以火，不是因为戏里有抗战和"文革"的悲剧，而是因为人性中永远不可能改变的悲剧性和喜剧性，因为我们自己这种卑微的状态。"《蒋公的面子》导演、南京大学文学院副院长、戏剧影视艺术系主任吕效平接受《时代周报》记者专访时说。

和校园戏剧节打擂台

时代周报：迄今为止，作为一部校史剧，《蒋公的面子》可以说取得了巨大的成绩，但是听说这部剧最开始参加第三届校园戏剧节落选了？

吕效平：是。去年6月我们报名参加在上海做的第三届校园戏剧节，是中国文联、教育部和上海市政府在上海做的，前两届也是在上海做，实际是中国剧协操作。我报名的时候就给了他们一个难题，我不认为他会选中我们，人都是这样的，不逼到眼皮底下，自觉地靠思想觉悟提高是很困难的，果然他们把我们淘汰了。

我们跟中国剧协也不是第一次较量，我知道淘汰是必然的。2005年我们做了一个戏，叫"《人民公敌》事件"，是一个反映环境问题的戏，至少是借治理污染的问题谈人的问题。后来南京艺术学院想买这个本子，回去做"五个一工程",就从北京请了一大堆艺术专家,包括很多剧协专家,包括当时剧协的秘书长来提意见。结果中国剧协的秘书长说:政府对环境问题是负责任的,不可以与150年前的资产阶级政府相比较。

2005年,并不是处在官员位置上的剧协秘书长都好意思讲这个话,连温家宝总理都不好意思讲这个话——如果我们在环境问题上没有比100多年前的资产阶级政府做得更差一点的话,至少没有比它做得更好。结果他说:你一个搞艺术的操那么多心,讲那么多话,干什么呢?我就没理他。有些事情就得死磕,就得跟他计较。这是我一贯的世界观,坏事要盯死,首先要认错,认错以后再说原谅不原谅,这样社会才能进步。

时代周报:虽然落选了,但《蒋公的面子》却在校园戏剧节开幕的同一时间几乎算是以"打擂台"的方式连演了许多场。

吕效平:我这个人也有点坏,被剧协淘汰以后就在想,第三届中国校园戏剧节开幕的时候,我到上海找个地方,门对门演。后来因为忙,我也没有往上海跑,但他们演的时候我们也在演。我们的演出定下来是从10月23日到11月2日演十场,结果后来第二次加演,第三次加演,第四次加演,第五次加演,第六次加演……演到了29场,实在不能再演了,因为没有空调,演员冷得要死,说开春再演。

在10月27日第二轮演出第四场,也就是全部演出第八场的时候,也是第三届中国校园戏剧节闭幕发奖的时间。我在那一场谢幕后上台讲了几句话,我说今天300公里以外,第三届中国校园戏剧节闭幕了,我们是一个被淘汰的节目,但是第三届中国校园戏剧节的全部剧目的总和抵不上我们这一个戏。我们没有正式走向社会的时候,已经开始给演员们买汽油票,因为大家开车来演出,发工资。我们的学生们说演场戏这么多钱啊,我说你们自己挣的。

时代周报:也就是那期间,南京市委宣传部和江苏省委宣传部来包场看演出。领导看后有没有做评价?

第三章 艺术家 诗人与匠人

吕效平：省委宣传部跟我说要看三场。我说不行，我们没有空调太冷了，他说他给我找个暖和的场子，这样我们到南艺的场子去演了三场。演完后宣传部长一言不发，留了一句话：我跟你再谈。我把话都准备好了，谈就谈吧。结果宣传部长还是很好，他一言不发。

陈道明在南京演《喜剧的忧伤》，他的票卖得贵，最贵的2800元，因此当时就有了一些批评。陈道明也是非常爽气，说我也不要钱，这个钱就算捐给南京市的困难学生或者下岗职工都好，捐给南京市吧，他捐了120万。省委宣传部长看完我们的戏说，这个钱也不要给别人了，就给南京大学艺术硕士剧团，让他们排戏吧。他不评价《蒋公的面子》，但是给了我120万。后来濮存昕他们觉得陈道明捐了钱，陈道明不是北京人艺的，但《喜剧的忧伤》是北京人艺的，那我们北京人艺往哪里搁啊？索性何冰也捐吧，何冰的80万加上陈道明的120万，就用北京人艺的名义都捐了，省委宣传部说这笔钱给南京大学艺术硕士剧团。

❛ 你匍匐在地上，怎么看得见天上的光辉

时代周报：那么剧本方面，有没有因为在学校以外演出而改动？

吕效平：有改动，但都是我们自觉的，因为演到135分钟太长了，我们自己压缩。如果在南京大学演出，我们可能会演135分钟，关于我们自己大学的笑话、关于哲学问题等可以演。但是在外面给市民演，关于南京大学自己家里的事、关于哲学问题就不演了。迄今为止我们没有遭遇到任何压力，没有人要我们屈从于某一个意志改剧本。有一天演完了以后，有人问我能不能演到北京去，当时党的十八大还没有开。很幸运的是，现在我们马上要去北京了。

时代周报：你的导师、曾担任过主管文科的南大副校长的董健教授，观看了这部戏后口述了一篇文章《献给校庆的精神美餐——看话剧〈蒋公的面子〉有

感》。文章刊出后，在网上广为转发。

吕效平：按照董老师的意思是写"文化大革命"不够直接，不如直接写当代。他说"文化大革命"已经过去了，我们现在写的只是精神猥琐状态的根源。董老师要求我们把当代精神猥琐的状态写出来，和（上世纪）40年代的精神状态相比较，当然董老师也说时间跨度太大，难度更大。

时代周报：戏出来后，引发了公众对知识分子独立精神的思考？

吕效平：我们是要把这个戏和当代中国大学制度和知识分子的精神状态做一个对话。编剧温伊方在找资料的时候发现，其实这个广为流传的段子未必确有其事。因为当时陈中凡根本不是"中央大学"的教授，而"蒋介石要来中大做校长"的消息传来时，年已经过完了，也就不会有年夜饭一说。但重要的并不是历史上有没有这个事，历史上发生的许多事情被我们忘却了，历史上没有发生的许多事情，我们用想象把它杜撰出来广为流传。我们忘记什么，我们杜撰什么，我们记住什么，我们虚构什么都有深刻的当代原因，都有深刻的心灵的原因。即使历史上没有发生过这件事，但是我们不断地讲就说明还有问题。

我举个例子，我的小师弟做了博士生导师，某部请他去做秘书。他要去，我的导师勃然大怒，说你在现代发达国家、在几十年前，叫一个大学的资深教授去当部长，教授们还要犹豫一下。现在公然地叫一个大学的资深教授、博士生导师来当秘书，提出这个要求的人不感到羞愧，而接到这个邀请的人感到很荣幸，立马就去了。不是赌一口气，是觉得这样做很没有面子。你匍匐在地上的时候，怎么看得见天上思想的光辉、哲学的光辉、科学的光辉呢？你不是傲视一切，不是在天马行空充满想象力的思想状态，做什么科学？无论是人文科学还是自然科学，这是不可能的。

（原载《时代周报》2013年4月5日第227期）

第四章

作家融入时代

凡一代有一代之文学。文学从来没有像今天这样显得如此必要。中国正在被新的社会、经济、政治、文化方式重新塑造,作家既需要敏锐感知生活细节的变化,又需要宏观把握其背后蕴含的巨大变化。书写、讲述中国人新的传奇、新的故事,是身为作家的使命和责任。文运与国运相连,作家无法脱离他所处的时代,必须与时代融为一体。希望有一天,我们能在文学里重新了解中国。

第四章　作家　活出矛盾

金庸：

办报纸是拼命，写小说是玩玩

文 / 李怀宇

金庸

一代武侠小说宗师金庸是不老的传说。虽然因创作出许多豪气万丈的大侠形象而被称为"查大侠"，但是金庸愿做《天龙八部》中的段誉，"他身上没有以势压人的霸道，总给人留有余地"。花开花落，金庸依旧笑傲江湖。

编者按

2009年春天，金庸获得由中国内地、中国香港、东南亚、美加等地最富影响力的十余家华文媒体颁发的"2008影响世界华人终身成就奖"。颁奖礼上他说："如果说我有什么值得学习的地方，那么就是永远不停地学习。"2010年9月，金庸以86岁高龄顺利完成博士论文《唐代盛世继承皇位制度》的答辩，获得剑桥大学哲学博士学位。自1972年，武侠名著《鹿鼎记》在香港报刊登完最后一节，金庸封笔至今已逾四十余年。耄耋之年，金庸惜墨如金，已经不接受任何采访、不发表任何意见。实际上，这几年来，除了身边最亲近的家人朋友，金庸已经被包裹在层层的记忆和想象里。江湖是传奇，金大侠更是。

香港明河社的门口挂着金庸先生手书的对联："飞雪连天射白鹿，笑书神侠倚碧鸳。"金庸先生的办公室是一个宽敞的书房，落地窗外，维利多亚港的无敌海景尽收眼底。书架上的藏书，其中一面是各种版本的金庸作品集，除了繁简体版外，还有多种译文。

金庸先生乡音未改，闲谈中多次提起家乡："海宁地方小，大家都是亲戚，我叫徐志摩、蒋复璁做表哥。陈从周是我的亲戚，我比他高一辈，他叫徐志摩做表叔。王国维的弟弟王哲安先生做过我的老师。蒋百里的女儿蒋英是钱学森的太太，是我的表姐，当年我到杭州听她唱歌。"现在常常一起吃饭的朋友是有同乡之缘的倪匡和陶杰，而美食家蔡澜是新加坡

第四章 作家 活出矛盾

人,只对中国的潮州、福建、台湾以及东南亚的菜肴有兴趣,金庸先生对这些菜能不碰就不碰。

提起围棋,金庸先生谈兴甚浓。他对"围棋有五得:得好友,得人和,得教训,得心悟,得天寿"之说颇为欣赏。"以前我兴趣最好的时候,请陈祖德、罗建文两位先生到家里来住。"而他与余英时先生的交往,多与围棋有关:"余先生喜欢下围棋,他棋艺比我好一点。他太太自称为'围棋寡妇',余先生老是下棋,没有时间陪她。"金庸先生笑眯眯地说,"余先生的岳父陈雪屏围棋下得很好,好像你要娶我女儿,先下一盘棋看看。"记者闻听这种"小说家言",笑道:"听余先生讲,他和余太太陈淑平谈恋爱的时候,还不认识陈雪屏先生,是等到1971年结婚七年了才正式见到陈雪屏先生。"事后,记者为此事问过余英时先生,余先生听了哈哈大笑。

金庸先生提起老朋友黄永玉、黄苗子、郁风的旧事,感慨郁风过世了。对书画,他时有出人意表的品评,又提起启功先生:"启功来香港见我,我写几个字请启功先生教教我,他唯一教的就是:'你绝不可以临碑帖。你的字有自己的风格,一学碑帖,自己的风格完全没有了。'我说:'启功先生,你这句话是鼓励我。我碑帖没有学,但书法极糟。'"

金庸先生好奇心极重,不时主动问起记者访问过的学者近况。余英时、许倬云、金耀基的师承与学生的趣事,金庸先生听得兴味盎然。记者提起余英时先生的学生陆扬和金庸先生的老师麦大维(David McMullen)相熟,两人见面时曾细说金庸在剑桥大学研究唐史之事。又提起余英时先生现在戒烟,金庸先生说:"抽烟抽惯的人,要戒很难。邓小平当年见我,也谈到这个问题:'我年纪大了,人家劝我戒烟,我不能戒,戒了反而身体不好。'"

和金庸先生畅谈两个下午,恍觉曾经听说"金庸口才不好"不过是一种误会,原来只要是他感兴趣的话题,讲起来也像武侠小说一样引人入胜。谈话的焦点始终并非武侠人物,而是学界中人,南下香港的钱穆、唐君毅、牟宗三、徐复观,远渡重洋的杨联陞、陈世骧、夏济安、夏志清,一一道来,如同江湖一样好玩。

到剑桥目的不是拿学位

时代周报：你在剑桥大学读书读得怎样？

金庸：剑桥大学先给了我一个荣誉博士，剑桥的荣誉博士很难的，排名在一般教授、院士之上，所以我再申请念博士，他们说：不用念了，你这个荣誉博士已经比他们都高了。我说：我的目的不是来求学位，是来跟这些教授请教一下，念书。后来校长就同意了。在剑桥念博士有一个条件，就是博士论文一定要有创见，如果是人家写过的文章，就不要写了。教授委员会有二十几个教授，他们要我提准备写什么东西。

我首先提到一个匈奴问题，因为中国学者认为在汉朝时，卫青、霍去病跟匈奴一打仗，匈奴打不过，就撤退到西方去。西方人就不同意这种讲法，认为匈奴是在东亚、西亚、中亚自己发展出来的一个民族，所以跟中国讲法不同。我准备用中国的史料写关于匈奴的研究，有一位教授在这方面可以说是专家了，他用匈牙利文讲了一些话。我说：我不懂匈牙利文，对不起，你讲的意见我不懂。他说：这个意见已经翻译成法文、英文了，如果你去匈牙利，我可以推荐你，你可以念三年匈牙利文再来研究这个问题。我说：我年纪也大了，再去念匈牙利文恐怕不行了。他说：你最好另外写一个问题。

我就想写一个关于大理的论文，因为我到云南去，大理送了我一个荣誉市民称号，送了我一块地：如果你喜欢在这里住，我们欢迎你。我说：我有一些研究大理的资料，也去过几次，我写大理成立一个国家的经过是怎么样的。大理是很好的，西方也不大了解。不过，有一个教授就讲了许多古怪的话，我也不懂，他说：这是藏文，本来南诏立国是靠西藏的力量来扶植的，所以大理等于是西藏的附属国，后来唐朝的势力扩张过去，才归附唐朝，大理跟西藏的关系是很深的。我说：我也不懂藏文。他也觉得写大理不大容易。

那么，我就考虑到中国考古学家从西安发掘出来的东西。以前说唐朝玄武门

第四章 作家 活出矛盾

之变，兵是由东宫从北向南走，再打皇宫。我说这条路线不通的，为什么要这样大兜圈子呢？直接过去就可以。所以，我心想唐朝写历史的人，是在李世民控制之下的，他吩咐这样写就这样写了。我研究发现是皇太子和弟弟过来，李世民在这里埋伏，从半路杀出来，把他们打死了。历史上这条路线根本就是假的，因为李世民作为弟弟杀掉哥哥不大名誉。教授说：有没有证据？我说：证据就是发掘出来，东宫在这儿，皇宫在这儿，过去就方便了，这样大兜圈子不通的。我认为唐朝的历史学家全部受皇帝指挥，不但是唐朝，从唐朝、宋朝，一直到近代，所谓真的历史好多是假的，喜欢怎么写就怎么写。原来历史学家完全是皇帝叫你怎么写就怎么写。

时代周报：历史是任人打扮的小姑娘。

金庸：哪个人打败了，胜利的人喜欢怎么讲就怎么讲。现代的照片都有假的，我说唐朝的历史也有很多值得怀疑的地方。剑桥大学的教授就说：那你写这个问题好了，其中怀疑的地方必须要有历史根据。我说：中国历史上忠直的历史学家很多，但是假的历史也是很多的。所以我认为玄武门之变的那一段历史中有些假，那些教授就一致同意：这个问题蛮好的，而且在外国人中没有人提过，你把这个问题写出来。我的硕士论文就以玄武门之变为主要的内容：《初唐皇位继承制度》（The imperial succession in early Tang China）。得了很好的分数。

时代周报：现在你的博士论文准备写什么？

金庸：我的博士论文就是写安禄山造反，唐玄宗派了他的儿子荣王去抵抗，后来这个荣王死掉了，历史上也没有讲为什么会死掉，他手下的两个大将也给皇帝杀掉了，我说这中间一定大有问题，是太子派人把弟弟害死了，把两个大将杀掉了。我找了很多证据，证明这个事件是历史上造假，其实是太子在发动政变，把弟弟杀掉了，而且他占有军队，连父亲也不敢动他。

我的导师也同意。从唐太宗开始，到宋元明清，都是所谓"枪杆里出政权"，哪个人兵权在手，就是哪个人做皇帝。我要在这上面发挥。我的导师就说：你这个意见蛮好的，可以写，尽量找点历史根据。外国论文好像跟中国论文没有关系的，外国人写论文，一定要有历史根据的，完全没有根据，自己想出来是不行的。我说：好吧，我会找根据。我的基本论点是中国的皇位从来不讲传统或宪法，宪法是讲皇帝的皇位应该传给嫡长子的，实际上是哪个有兵权，哪个会打仗，就传给哪个。中国是不讲宪法，讲兵权，外国也讲兵权，但是外国做得表面上漂亮一点。

时代周报：那你的博士论文规定什么时候要交？

金庸：博士论文本来规定要到剑桥去念的，一方面是我年纪大了，另外一方面我已经得到荣誉文学博士，地位比校长还要高。教授委员会决定我可以不在剑桥做研究，要研究中国历史，在香港也可以，在北京也可以，在西安也可以。我的指导老师麦大维年纪大了，已经退休了，他要等我两年，两年之内把博士论文写好。

时代周报：你原来在剑桥大学读硕士时住了多久？

金庸：我在剑桥大学真正读书差不多两年。在剑桥大学，本来我骑单车就很快过去，我太太说：年纪大了骑单车很危险，汽车也不大守规矩。所以要我坐的士去上课，坐的士就很贵，差不多一百块钱港币一次，也是她陪我去的。后来，我去一次，我的老师也会骑单车到我家里来教一次。

时代周报：大家都觉得很奇怪，你过了80岁，还到剑桥大学去读书？

金庸：因为剑桥大学有学问的人多，教授虽然只研究一个学问，但是一门功课很复杂的问题他都了解。

时代周报：可是你在世界上很多大学都拿了荣誉博士学位和教授称号，还是

第四章　作家　活出矛盾

那么感兴趣到大学读书？

金庸：我到剑桥，目的不是拿学位。我喜欢跟有学问的教授讨论问题，有一个问题就是，以前历史学家认为投向清朝的那些有学问的人是汉奸，现在我们的民族观念跟以前不同了，不大分汉族、满族，大家互相团结、互相帮助。我到北大演讲也主要讲这个问题。好像大家都是兄弟民族，我们汉族办得不好，你满族管管中国也不差的。

时代周报：听说你小说封笔后，有人问你有什么感兴趣的事，你说想写一本中国通史，现在还有这个兴趣吗？

金庸：我研究历史越多，就越觉得困难了，历史的观点也不同了。北京大学有一位教授苏秉琦先生，现在过世了，他说研究中国历史有两个怪圈，第一个怪圈就是我们用汉族观点，你满族人来侵略我们，投向满族的人就称为汉奸。我的观点跟苏先生一样，认为中华民族之所以强大，是因为各种民族文化融合在一起，一起发展。还有一个怪圈，他认为用五阶段论这种西方的观点来套到中国头上，是不对的，中国历史的性质跟外国历史的性质是不同的。马克思有一个观点我是很同意的：他认为历史的发展是因为经济问题，经济因素是很重要的。中国历史要经过五个阶段这一套，苏秉琦先生认为是不对的。我觉得苏先生这个观点对，中国历史不是照那个划分这样发展的。

时代周报：其实你的一些历史观点已经表达在小说里了。

金庸：像明代最后，李自成的手下到了北京城以后就奸淫掳掠，有些朋友就不赞成我这样写，他们认为李自成很好的。上海华东师范大学有一位老师，专门把李自成放纵部下在北京做很多坏事的资料给我，我把这些资料都写到小说里面。

时代周报：你是不是对明代历史读得比较深？

金庸：明代历史比较懂，明代、清代跟现代比较近一点。

时代周报：有人考据说，《笑傲江湖》就是发生在明代的。你的小说没有写过唐代，但是论文现在写到唐代了。

金庸：我觉得唐代历史比较难写一点，因为唐朝离开我们太远了。我的《射雕英雄传》最早写到宋朝，宋朝还可以，唐朝的人坐在地下，喝的酒、茶跟现在不一样。唐朝在中国历史上是辉煌的，但是唐朝的生活习惯我不大了解，所以我不写，因为写武侠小说要写到一个人的生活习惯。

办报纸和写小说都要讲老实话

时代周报：我听说你对《资治通鉴》读得非常熟。

金庸：因为那时候《资治通鉴》比较好看，容易看，我小时候在家里没有事，看《资治通鉴》像看故事一样，我觉得文笔好。

时代周报：有人说，你也把《资治通鉴》运用到《明报》的领导上来。

金庸：办《明报》跟你们办《时代周报》不同。如果今天晚上港督打个电话给我："查先生，这个问题你明天怎么写怎么写。"我就把这个电话录音下来了。我明天去报告英国政府，明天就炒他鱿鱼了，所以港督是不敢这样做的。任何香港政府的人员想要干预舆论，你录音下来确定证据，告诉英国政府，英国政府马上把港督召回。

时代周报：许倬云先生讲，新闻是短历史，历史是长新闻。你做新闻的信条是什么？

金庸：英国报人史各特（C.P.Scott）讲："事实不可歪曲，评论大可自

第四章 作家 活出矛盾

由。"（Comment is free, but the facts are sacred.）事实很重要，不能够歪曲，港督讲过什么话，做过什么事情，或者某某某做过什么事情，这个事实不能歪曲，但是评论可以自由。我们的意见可以不同，但是根据同样的一个事实是不能歪曲的。这一点是我们办《明报》必要的信条。

时代周报：你从《大公报》出来，到了35岁时自己创办《明报》，重要的缘故是什么？

金庸：我在《大公报》工作时，《大公报》还是独立、自由的，所以被认为是中国最好的报纸。我考进去，当然是希望讲真话，后来这个报纸不行了。

时代周报：后来《明报》还跟《大公报》打过笔战？

金庸：他们（"文革左派"）要来打《明报》，《明报》就退让，不跟它真正打。他们打到《明报》门口，工人就把铅熔化了，放在楼上：你们过来，我们就倒下来。他们也不敢过来了。

时代周报：1966年创办《明报月刊》时，中国正是风雨飘摇的时候。

金庸：《明报月刊》的态度还比较温和一点，有些内地的学者或研究机构还可以订。《明报》就是跟"文化大革命"对着干。我说过办《明报》是拼了性命做事。幸亏最后没有死，那是运气好。

时代周报：当时你和朋友姜敬宽通信时，就认为《明报月刊》的风格想办成"五四时代的北京大学式""抗战前后的大公报式"。

金庸：对，那是很公正，凭良心讲话。到《明报月刊》40年时，我还是讲：我当时是拼着性命来办的，准备给打死的，结果没有打死，还好。他们觉得我很勇敢，我说在香港做事情，勇敢一点也不奇怪。香港这个环境中，要勇敢很容易的。

时代周报：你投入到办报的精力比写小说的精力更多？

金庸：办报是真正拼了性命来办的，写小说是玩玩。

时代周报：你怎么不把自己在《明报》的社评集成集子？

金庸：现在内地是不能出的。我出一本《金庸散文集》，很简单的，我访问胡耀邦、邓小平，这些在国内的《参考消息》都发表过的，他们还是建议这两个访问记都删掉。

时代周报：你跟同辈的罗孚先生、梁羽生先生还有联系吗？

金庸：我跟他们都是《大公报》同事，后来办《新晚报》。罗孚和梁羽生都是我的好朋友，罗孚常常见面的。梁羽生现在澳洲，生病生得很厉害，我准备过年的时候去看望他。他在香港中风进医院，我去看过他。现在我年纪大了，以前很多老同事都过世了。

时代周报：跟新闻界的晚辈交流多吗？

金庸：我在浙江大学做人文学院院长，其中有一个系是传播系。我在演讲的时候，有些同学就问我：你在香港办《明报》很出名，办得很成功，而且人家要杀掉你，你也不怕，我们现在学传播媒介，应该取什么态度？我跟学生讲：你们要做好人，不要做坏人，这是唯一的标准，不能跟我在香港那样写文章，我在香港是拼了命来做的，是准备把性命牺牲，报馆也准备让他们铲掉。你们现在不能牺牲性命，牺牲报纸事业，你的报纸事业还没有牺牲，人已经先被炒了鱿鱼。如果做坏人的话，不做报纸也可以做坏人，不一定做新闻工作。假设浙江一个高官老是贪污，老是欺压老百姓，你写一篇文章美化他，违背良心，这就不可以。

时代周报：你在香港办报纸和写小说，最核心的精神是什么？

第四章　作家　活出矛盾

金庸：最核心的精神是讲老实话。好的，我就讲好；讲大话的，我就揭穿他的大话。写武侠小说是为了写正义的人，好人就讲他好的，坏人就讲他坏的。社会上有这种人，我就要把他表现出来。

时代周报：听说你现在还在改自己的小说，是真的吗？

金庸：现在不改了，已经改了三次了，第三次已经改完了。《碧血剑》《天龙八部》《雪山飞狐》改得多。我第三次修改，陈墨提了很多意见，很多意见我都接受，主要意见是《侠客行》《飞狐外传》《雪山飞狐》。

时代周报：还会再改小说吗？

金庸：第四次将来再过十年再改吧。

时代周报：沈从文先生晚年喜欢改自己的小说，张兆和就跟他说：你不要再改了，越改越没有以前那么好。

金庸：小说是自己的作品，自己看总是觉得不好，需要修改一下。人家的作品我觉得不好，但是不好去修改人家的。

时代周报：你是自己喜欢改还是听了别人的意见才去改？

金庸：自己喜欢改自己写的文章。鲁迅也讲，一篇文章写好了放在那里，不要发表，过十几二十天拿出来看看，觉得不好，再修改一下，又觉得好一点，还是放在那里，再一年半载拿出来看看，再改一下会好一点。

时代周报：你的小说在48岁以前精力最旺盛的时候就写完了，后来做了第一次修订，还有第二次，还有第三次，这个我就觉得很好奇。

金庸：我自己不是好的作家，好的作家都是这样子的。托尔斯泰写《战争与和平》，写好以后要交给印刷厂去付印了，印刷工人觉得这个字钩来钩去看不懂，他太太就重抄一遍，抄好了放在那里。托尔斯泰看这完全是根据自己修改的来抄，当然好得多，但是他觉得自己写得不好，又把他太太抄的草稿改得一塌糊涂。印刷工人还是看不懂，他太太又帮他抄一遍，托尔斯泰又把它改了。所以自己写的文章，一定可以改的。

时代周报：问题是人家觉得你的小说已经可以不朽了，还要那么改？

金庸：不敢当，不敢当！我这个明河社是专门出我的小说的，我修改之后要重新排过，每修改一次要花很多钱的。普通作家写了以后，叫他修改一个字，他也不肯修改的，改一个字花钱太多了。这个明河社本来是可以赚钱的，赚的钱都花在修改上面。普通作家没有这个条件，给了印刷厂，印刷厂就不肯给你改的，要拿回来修改一个字也很麻烦的。

时代周报：你有那么时间和精力来改自己的小说吗？

金庸：当时看看改过已经不错了，但是再过十天八天看看，觉得如果这样写会好一点。我写武侠小说还是比较认真，比较用心的。

时代周报：你的小说在中国大概是被改编成为电影、电视最多的吧？

金庸：很多改编把我的小说歪曲了。香港人看了也不满意，他们说：如果你有金庸这个本事，自己写一个好了。他们不会照我原来的小说这样拍的。

时代周报：张纪中拍的电视剧改编怎么样？

金庸：我跟他说，你改了，我不承认。他拍的，我有些看，有些不看。有些拍不好，我就不看，我跟他说你有些拍得不好，当面骂得他哭了。（笑）我太太就讲，你为什么骂人家，朋友嘛，他很努力拍，拍得不好有什么办法。我说：他不改好了。

第四章　作家　活出矛盾

时代周报：我觉得《天龙八部》拍得比较好。

金庸：《天龙八部》没有什么改动的。以前我说：你不要改了，要改不如让编剧自己去写好了。编剧写不出来就没有本事吃饭了。

时代周报：其实你在创办《明报》之前就曾经做过电影编剧，你的很多小说一章一节就是电影、电视的写法。

金庸：是的。我写剧本，当时是"左派"电影公司，他们要讲阶级斗争，讲贫富悬殊，要打倒有钱人，但是电影老是讲阶级斗争，人家是不喜欢看的。

时代周报：你原来看过许多西方电影，然后把电影手法融入到小说里？

金庸：对，西方电影、电视我都看。当时在香港写影评，就每天看一部电影，香港放电影很多的，每天看一部都看不完的。现在没有这么多电影看了。

❝ 和诸先生的交往

时代周报：我到北京访问过李君维先生，当年他跟你一起考进《大公报》。

金庸：他是圣约翰大学毕业的，跟我一起考进《大公报》的。我到香港来跟他有关，本来要派他到香港来，他刚刚结婚，不来，那么，报馆就派我来了。他现在怎么样？

时代周报：李君维年轻时写小说很像张爱玲，非常可惜，后来几十年都不能写小说了，就在北京的电影公司任职。

金庸：这个人蛮好的，当时在上海，他穿得漂漂亮亮的。如果他不是结婚，派他到香港来，我就不来了，那我就糟糕了。我在上海要经过"反右"，一定反进去,"文革"一定糟糕,"反右"和"文革"两次一定非常糟糕的。说不定"文革"的时候就死了,武侠小说也不会写了。李君维后来不写文章也好,逃过"反右",逃过"文革"了。

我和李君维相识也非常偶然。我在中央政治学校念书,后来给学校开除了。那时候孙国栋比我高两班,也是历史学家,周策纵也是校友,我们学校最出名的就这两位。孙国栋就讲柏杨翻译《资治通鉴》有很多毛病。柏杨第一次来香港,我跟他辩论了一次。他认为秦始皇很好,我认为秦始皇坏到透顶,我们辩论得好剧烈,他认为秦始皇统一中国,把一些乱七八糟的小国统一成为一个国家,所以秦始皇对中国有贡献。那时候张彻、董千里都是我的好朋友,大家围攻他一个人。后来我们不谈了,去吃饭。讨论学术问题也不损害友谊,后来我们也是蛮要好的。柏杨生病的时候,我去看过他。

柏杨其实有很多意见很好,像"酱缸""丑陋的中国人"。秦始皇这一点,很多中国历史学家讲秦始皇好,我认为不好。

时代周报:后来张艺谋拍《英雄》不就又说秦始皇好吗?

金庸:人家来访问我,我说:"张艺谋拍《英雄》一塌糊涂。"

时代周报:你是不是有这样一种心理,觉得自己没有很完整地读过大学,所以退休之后想到大学里去读点书?

金庸:我喜欢读书,我觉得跟大学生做做朋友很有味道的。年轻人什么话也不客气的,大家放肆地随便讲,在浙大、在北大,与这些同学谈天蛮好的。

时代周报:当年你被中央政治学校开除是怎么回事?

金庸:我到台北,我的表哥蒋复璁在台北故宫博物院做院长。他是我们海宁人,我们海宁地方小,世家大族通婚姻就这几个人,所以徐志摩、蒋百里、蒋复璁都是我的亲戚。蒋复璁带我去见李济、屈万里,我说,以前在重庆中央政治学

第四章 作家 活出矛盾

校念书,蒋介石是我们的校长,一听到蒋介石的名字要立正敬礼,我就说:"对校长当然要尊敬了,可是这样子就像对希特勒一样。"那些学生就打我:"你为什么把我们校长比希特勒,怎么可以比呢?"后来学校就把我开除了,说:"你污辱校长。"我说:"我对校长很尊敬的。"这一次到台湾去,现在政大的校长说:"查先生,以前我们把你开除了,很对不起,现在言归于好,好不好?"我说:"我当时应该开除的,我把校长比作希特勒。"他说:"我们言归于好,送你一个文学博士,你接不接受?"我说:"当然接受,不是言归于好,是我向你们道歉。"我和张忠谋、林怀民三个人一起拿了文学博士。

我在政治学校是念外交系,现在外交系这些年轻学生都是我的师弟师妹了,他们让我去演讲:我们现在台湾念外交有什么出路?我说:你们学外语,现在外交当然没有什么希望,你们学一些偏门的外文像阿拉伯文或非洲的文字,将来你是全中国唯一懂阿拉伯文、非洲文的人,人家如果跟他们做生意,非得请教你不可。这些师弟师妹们很兴奋,见了我就问学什么文字好?我说东南亚这些小国家文字、伊朗文、土耳其文都有用,他们以后就去研究这些文字了。

时代周报:你到台湾去得多吗?

金庸:那时候蒋纬国生病很厉害,我去看他。我就跟蒋纬国讲:陈水扁在搞"台独",你一定要反对"台独"。他说:查先生,我现在每天都在反"台独",他讲"台独",我就骂他。我最反对"台独"了,我们中国人为什么要搞"台独"呢?后来蒋纬国的家私都给陈水扁拿出来抖在街上。他说:我也不行了。

时代周报:你和李敖的交往怎么样?

金庸:我跟李敖本来要好的,他请我到他家里去。后来因为他跟胡因梦离婚了,《明报》照实报道,他怪我为什么不帮他,我说:我们办报纸的人完全公平讲话,绝不因为私交好就帮你。我到台北去,他有一个房子想卖给我,我说:我在台湾不置产业。他说这个房子半卖半送给我,我说:你再便宜我也不要。

时代周报:这一代人中,余光中最近刚过80大寿,他的诗名气很大。

金庸:他最近不大写什么东西了吧。他如果再早一点,跟徐志摩他们写文章,就蛮好的。生得迟了!徐志摩是我表兄。他爸爸是大哥哥,我妈妈是小妹妹。

我不赞成有金学

时代周报:我曾问陶杰:香港谁的文章写得最好?他说:金庸。我又问:金庸之后谁的文章写得好?他说:董桥。

金庸:董桥在《苹果日报》,我跟《苹果日报》这些人都不往来。他年纪大了,兴趣在古董字画上面了。

时代周报:当年他和胡菊人主编《明报月刊》各有各的精彩。1966年《明报月刊》的发刊词写得真好,是你写的?

金庸:是啊。后来也登了余英时和姜敬宽的信。我和胡菊人先生去访问过钱穆先生一次,钱先生的眼睛瞎了,报纸、书都是他太太念给他听。

时代周报:钱先生晚年的《晚学盲言》就是由他口述,钱太太记录的。他讲话无锡口音重吗?

金庸:无锡口音,跟我是一样的。无锡出了很多名人。章太炎先生在无锡也教过书,钱钟书的父亲钱基博先生也是有名的。钱钟书先生送了一套书给我,写一句"良镛先生指教"。我说《管锥编》当中有些我还看不懂,他送给我书,我就写了一封信多谢他。钱先生写信很客气,但是口头讲话就不留情面,很锋利。

时代周报：钱钟书对陈寅恪是很有看法的。

金庸：钱钟书写东西一点一点，写《管锥编》不成为一个系统。陈寅恪喜欢成一个系统，自己有前后，成为一个系统不容易，中国历史研究成为一个系统，这中间一定有毛病。

时代周报：余英时先生关于《红楼梦》的观点也跟一般的"红学家"不同。他也不是专门研究《红楼梦》，只是玩玩，当时正好中文大学有个演讲谈《红楼梦》，后来成了《红楼梦的两个世界》。

金庸：余先生关于《红楼梦》的想法我很欣赏，一般人不是研究《红楼梦》，是研究曹雪芹。我就认为这个作品可能不是曹雪芹作的，作者如果不是曹雪芹，研究曹雪芹就根本是错的。余先生的方向我觉得是对的。潘重规先生在中文大学的时候，我跟他也熟悉，潘先生就是"索隐派"，他认为《红楼梦》是反对清朝。

我认为《红楼梦》不见得是曹雪芹写的，完全没有证据证明是曹雪芹写的。现在有人研究曹雪芹生平，一写几十万字，我觉得这个路线可能是错的。如果最后证明这个小说完全不是曹雪芹写的，那你的研究完全是空的。需要肯定作者是谁，如果连作者都不知道，去研究曹雪芹完全没有用的。

时代周报：现在除了"红学"，人家还提出"金学"。倪匡说，"金学"是他开创的。

金庸：我不赞成有"金学"！

时代周报：余英时先生家里有一套你送给他的金庸作品集，他说睡觉前看一看。

金庸：余英时先生跟我下过一盘棋，我认为他的棋比我好，因为他一开头不小心让我占了上风，没有办法转，结果这盘棋他输了。我现在还是认为他的棋比我好。

时代周报： 余先生以前跟沈君山先生还参加过新英格兰的围棋赛。

金庸： 我们几个人中，沈君山的棋最好，沈君山让我三子，让余先生两子，我跟余先生还不及沈君山。牟宗三先生就比我们两个差一点，他的棋瘾很大，我请他星期天来下棋，他一定来的。

时代周报： 以前余英时先生和张光直先生在哈佛大学谈武侠小说，严耕望先生从来不看武侠小说，听他们谈，最后受感染了，临行时向余先生借了一部武侠小说作为途中的读物。

金庸： 严先生算不算余先生的老师？

时代周报： 不算，是师兄，他们都是钱穆先生的学生。很有意思，黄仁宇先生比余英时先生大12岁，却是他的学生。

金庸： 余先生的学问做黄仁宇的老师绰绰有余，我认为黄仁宇非常不对，余先生教得不好。余先生学问很好，不应该教出这样的学生来，这个学生很差。余先生我很佩服，可是余先生这个学生我一点都不佩服。

时代周报： 许倬云先生也喜欢看你的武侠小说。

金庸： 他们拿武侠小说来换脑筋。很多科学家喜欢武侠小说，比如陈省身先生、华罗庚先生、周光召先生。北京天文台发现一个行星，来征求我的意见，叫"金庸星"，我说：那欢迎得很。这些天文学家说：我们空下来就谈金庸小说。

时代周报： 有人说你是中国历史上最畅销的小说家。

金庸：我的小说容易看，像沈从文的小说我比较喜欢，但是比较高深，比较难懂，鲁迅的小说也很好看，但是我的小说比较热闹。

时代周报：如果没有香港这个地方，也不可能产生这样的小说？

金庸：在内地不可能，在台湾可以，古龙也蛮不错的。

时代周报：你相信一百年以后还有人读你的小说吗？

金庸：我希望有。

时代周报：你有没有想过"不朽"的问题？

金庸：创作没有人生这样好，人生可以不朽，创作故事很难不朽。

时代周报：有人把金庸、倪匡、蔡澜、黄霑称为香江四大才子。

金庸：这个讲法靠不住，不对的。倪匡本来在美国的，他最滑稽了，讲笑话。从前写书的时候常常和蔡澜在一起，我跟蔡澜讲：你讲好吃的东西，我绝对不吃。他是新加坡人，喜欢的东西我全部不喜欢，你美食家再美也跟我没有关系，你推荐的东西我就不吃。倪匡和陶杰跟我比较投机，陶杰的妈妈是我们杭州人。

（原载《时代周报》2009年1月12日第8期）

张大春:
所有艺术都来自不务正业

文 / 李怀宇

张大春

标准的斜杠青年，是作家、戏剧家、书法家、大学讲师，还是"全台湾最会说书的人"。高晓松说他是知识分子的最好的模样，身上带着从民国流传下来的大量旧时代气息，同时又是一个叛逆者。

第四章　作家　活出矛盾

编者按

　　大约从2007年出版《认得几个字》开始，台湾文坛的领军人物、著名作家张大春的主业从写作变成了语文教育。当初写《认得几个字》，是为了帮助自己的儿女解开认字之惑。10年过去后，孩子们的困惑从认字转为写作文——这同样是困扰内地和港台中小学生的问题。在张大春看来，眼下高分作文的路数，多半就是"颂"，孩子从启蒙阶段到日后一辈子都不写文章的那一刻，所有写的作文，都是揣摩他人的意思。张大春将自己之前的一部分散文翻检出来，再选取苏洵、鲁迅、梁实秋、毛尖等古今诸家的文章做例文，编成《文章自在》，教人如何为文，于2017年初出版面世。

　　几个月来，张大春应香港岭南大学之邀，每个周末从台北飞来给大学生讲课。虽然劳累，但意外的收获是可以写出另一本像《小说稗类》的著作。当年写《小说稗类》时，张大春还不会用电脑，现在已经操作自如。他通过电邮和学生交流，发现学生作业常常会出现学写小说的麻烦问题：人物控制不好，个性矛盾，布局粗糙。张大春便把学生犯的错直接变成例子，再把经典名作里不犯这个错的内容放进来，进行理论分析。

　　"这就变成我跟学生的作品的角色在搏斗，用经典跟他们搏斗，既可以延续《小说稗类》的内容，又可以打破原先的写作方法。我终于在上课的经验里，找到了写第二本《小说稗类》的途径。"

❛ 我不会重复自己

时代周报：最近你的小说有什么新作？

张大春：我有几个过去没有完成的东西，比如说在出版社方面，有一套"春夏秋冬"，春就是《春灯公子》，夏叫《战夏阳》，第三本叫《一叶秋》，第四本叫《岛国之冬》。前两本已经完成好些年了，第三本已经完成，插图都好了，只差没有印出来，为什么一直没有印呢？因为每当我要出《一叶秋》的时候，出版社就已经安排好有一本书要出了，所以它老是被往后耽搁。去年差不多10月，出了一本《认得几个字》。上个月我刚刚出了一本《我妹妹》。

时代周报：《我妹妹》跟《聆听父亲》有关吗？

张大春：没有。《我妹妹》是15年前的书。1990年，我先出了一本我在这辈子唯一的畅销书，叫《少年大头春的生活周记》，卖了二十几万本。我的编辑就说："你可以写个续集，希望可以大卖。"我说："我不会重复自己。"他说："你不写我就找一个女作家，叫她用大头妹的方式炮制你的第二集。"这样的话就太糟蹋我了，我就写。我就拿了点菜单，小小两张纸，随手写了名字，回家贴在灯上面，26天内写完了这个《我妹妹》。事实上我没有妹妹，讲一个青春的成长故事，从一个哥哥的眼睛看一个妹妹从出生到19岁的生命。

时代周报：《聆听父亲》是有特别的机缘才写的，还是完全写实？

张大春：当然是写实，讲我的家族史。有可能有错的，后来我姑母跟我讲：有几个人名、时间、地点她不能证实。我的消息来源从我的六大爷那里，跟她所理解的有一点出入，但是我当然不可能编自己的家族史。

时代周报：《城邦暴力团》之后，还写武侠小说吗？

第四章 作家 活出矛盾

张大春：《城邦暴力团》是有一个前传，还有一个后传，前传已经写了12万字，后传也写了六七万字，还会继续写，我觉得这可能是更多人关心的。不过它的问题是，出版的时机在"绿色执政"的初期，台湾能够愿意静下心来读一部长篇小说的人越来越少，所以后来前传也好，后传也好，我连发表都不发表，我要等台湾整个社会的浮躁压下来，尘埃落定再说。

时代周报： 台湾现在浮躁成什么样子？

张大春： 每天就是陈水扁啊，"国务机要费"啊，弊案啊，贪腐啊，驱逐陈云林啊。台湾就是在自己哄，事实上，整体而言，搞"台独"也是假的，搞"国统"也是假的，大家都只是想要维持现状，并且从中取得最大的执政利益，很浮躁。很多人就因为这样离开了。

时代周报： 你那么高产，写得很快吗？

张大春： 我出了30本左右的书，这比起很多前辈作家比如倪匡出300本书，我不觉得自己生产能力大。

时代周报： 你可是很多类型都写，这就很少见了。

张大春： 也许正是因为写很多类型，才帮助我写下来。如果我只能写或者只愿意写一个类型，或者说挑剔得更严谨一点的，也许根本写不出什么，不能撑到现在，不同的类型彼此之间也是一种休息。那么，早上写写旧诗，晚上就可以不写了，有时候早上写，晚上也写，中午和下午肯定就不会趴在那边写，估计写别的了。我写东西是这样，被贴上一个标签。

写小说、写散文，都不是我们自愿的。当我有一天说，我现在在写旧诗，我每天写的旧诗是多少，你为什么不叫我诗人呢？你一定又会说，那你有发表吗？我说：我写博客。人家说：你有出版吗，你没有出版怎么叫你诗人？一方面自己愿意承担一些标签，另外一方面，说不定那个标签自己背不起来了。小说也是这样,你叫我小说家我也点头,也许我很大一部分并不是。我在广播上说书,我主持电台节目,我们家最主要的收入来源就是每天那两个小时工作的收入。

❛ 于右任后台湾基本没有书法家

时代周报:陆灏(著名文化人)开玩笑说,现在张大春变成一个书法家了。

张大春:没有,差太远了。我只写行草,偶尔写碑、楷书,篆字我几乎没有认真练过,钟鼎文这些也没有。书法完全是兴趣,你自己感受到有个美的典范在那里,所以就把它朝那个典范写。比如说王羲之、王献之,有人说这个"二王"应该被打破,他们写得可能更高明,我没有这个企图,我还是依循"二王"这个美学标准。

我练字已经30年。高中写楷书,比较用力地写,大学有书法课,我当然也修了。后来有一段时间,二十几岁到三十几岁之间,反而我比较关心的是西方的东西,但是我几乎每天都读帖,哪个字结构如何,用笔如何,不断地揣摩。我姑父欧阳中石是大书法家,他和我父亲大概从1986年开始通信,我跟他也有接触。行草来看,像"们"字的用笔,是从他那里来的,别人没有,就我们两个。他前不久写过电视剧《闯关东》那三个字,"门"字部的写法,就是他的写法。

时代周报:张充和说书法是一种立体的艺术,有诗词、文化的元素。

张大春:书法不是独立的,所以我自己也一样,过去的十几年开始比较用力写古诗。我写了3000首古诗,把它当日记写的。写古诗有它的格律,不管是五言七言,不管是近体的律诗绝句,或古体,都有它的章法,不是乱搞的。我看现在大陆有些老干部,喜欢弄两句,称之为"老干体"。还有文人写的,像汪曾祺先生,他爱写,他有好些诗也不合格律。能够真的把格律弄清楚的作者,非常有限。

第四章　作家　活出矛盾

时代周报：启功先生也写很多旧诗。

张大春：他有一套诗很规矩的，《论书绝句》。他的字比较媚一点，台静农先生说过他的字侧媚，侧就是他没有正锋，媚就是媚俗的媚，他自己说台老说得对。他的诗是在描述他写字或读帖的心得，甚至是书法史的浓缩，那是很值得推广的，大致上比较合律。

时代周报：在台湾，一般对台静农先生的作品如何评价？

张大春：台静农的作品，书法、绘画、论文都不多，可是他写的一整套中国文学史稿可以完全送给学生，让学生挂名发表，可想而知他是个什么样的人。他非常老派而敦厚。台静农是我的老师，我读研究所的时候，是他教书的最后几年。他还活着时台湾有一位老书法家，就是于右任。于右任虽然作为政治人物的成分比较大，但是作为书法家，我认为是500年来最好的，他融合了很多不同的传统，甚至自己规格化了行草的标准笔划。在书法界，他不但是个创格之人，而且是个集大成之人。于右任以后台湾基本没有书法家，台静农先生是个例外，他的字是有根底或者有传统的，他的字是几乎没人走的一条行草的路，复活并且光大了。

我为什么提于右任？于右任已经开出一条路，很多人学，没有人学得像，但他至少开出一条行草的路子。台先生没把字放到那么大，他是有意回到魏晋，也就是王羲之字那样的大小，那个时侯没有纸没有桌子没有椅子，他们用手板写，唐朝人都是这样写。

时代周报：最近在苏州，白先勇请了董阳孜写书法，董阳孜在台湾的影响力有多大？

张大春：20年前，我认为董阳孜在各体基础已经出神入化。20年以来，她都在想办法创格，创一个书法的格调，等于把书法当做抽象化的概念来经营。没有别人这么做，有些人说太怪，太大，不好辨认，什么理由都有。她是艺术家，当然可以自己搞艺术。她做了很多不一样的展览，我认为很了不起。

❛ 京剧的盛况还很长

时代周报：你在台北编了一出什么样的京剧？

张大春：我编了一出京剧是吴兴国导演的，叫《水浒108》。我编了《水浒》第一回到第二十七回，因为在《水浒》的前半段里，林冲夜奔、野猪林、智取生辰纲，过去京剧里都有，但是我对词、唱腔全部重编。

时代周报：你自己本来对京剧很感兴趣？

张大春：欧阳中石是京剧票友。我父亲没有下海，但他也会拉，从小也唱，我们家里平时都放京剧。

时代周报：你把京剧改成什么风格？

张大春：唱腔没有太多的改变，只是换了新词，加了一些喜剧效果。比如同一个台上有两个戏同时进行，这在传统的戏剧里比较少。还有一些象征性的，比如武松打虎，那只虎被打死以后魂还在，随时就在武松旁边，因为我把那只虎设计成武松的超自我，或者说他的道德良知，那只虎从来没有离开过舞台。潘金莲来调戏武松，这个虎就会跑出来阻止，那三个人身段就漂亮了，我认为是京剧《三叉口》以来新编的最迷人的武打身段。一男一女，女的要调情，男的要拒绝，又有一点受引诱，中间来个虎。虽然说，服装太累赘，舞台太花哨，但整个剧的精神非常革命性。我这是新编，比如说他演武松，到中间就演店小二，到后面演一个马夫，有的是大角色，有的是小角色。

第四章 作家 活出矛盾

时代周报：何兆武先生讲过一个很好玩的事情。他问朱家溍："京剧的前途怎么样？"朱家溍说："没有前途！"何兆武很惊讶："你是京剧专家，怎么可以说京剧没有前途。"朱家溍解释说："任何一种艺术，都是有生命周期的。你看唐诗宋词，繁荣期就那么一段，过了以后，当然现在也有人还作诗填词，还是诗必盛唐，可是唐诗的盛况是不可能有了，宋词的盛况也不可能有了。"

张大春：那要看把这一段拉到多长，比如说只认为京剧最辉煌的是清末，就承认开宗立派的尤其是四大名旦，他们发明或创造某一个表演形式。可是京剧表演所带来的启发，从来没有一个时代像现在这样，可以对法国产生影响，对北欧产生影响，对美国产生影响。老先生如果认为传统的京剧的剧种和表演形式必须是那样的，就是在茶楼里边搞，对不起，那早就衰亡了。可是从表演形式的改变及扩大，你知道吴兴国是在美国大都会艺术表演中心，在林肯中心去表演他的京剧《李尔王》《暴风雨》，那是衰亡吗？那应该是恢弘的一个证据吧。

时代周报：现在京剧还能吸引年轻观众吗？

张大春：我从来不觉得年轻观众变少了。《水浒108》打的招牌是吴兴国导演，我编剧，周华健音乐，周华健做的完全是京剧的旋律线。当天有人看一场买一集，都是十二三岁的小孩。我们那个戏，第一不赔钱，第二即使打台风还爆满。对京剧，不能说从整体上有人泄气，这是不道德的。

时代周报：京剧、书法、诗词都是传统文人的趣味爱好，为什么写小说很新锐的张大春和这些融为一体了？

张大春：我一直在想一个事，虽然后来念了大学，念了研究生，但我从来都在质疑：我的小学到底念得好不好，或者小学程度的基础打得好不好？我每天都在问我自己，我认为我的基础打得不好。你问我题目，我不会被考倒，还常常可以引经据典。但我还是认为我的基础不好，因为现在我每天都可以学到新的字，每天都可以知道旧的词，原来这个词是这个意思，啊，我以前不晓得。所以，写旧诗是帮助我用一个字、一个词的方式重新学习，写书法也是帮我重新在印证中国人这一套艺术表现，到底有多少种变化的机会和可能。在这个变化里，它的韵律是怎么产生的，格调怎么产生的，神韵是怎么产生的，机理如何，章法如何？这都是重新学习。

时代周报：有没有人认为你是一个不务正业的小说家？

张大春：他们最好别跟我在面前讲，不然我会骂人。因为"不务正业"是个愚蠢的词，什么叫"正业"呢？所有的艺术都来自不务正业！假如用职业跟业余的角度来看，职业的训练在一个人生阶段里面是必然的，他的养成教育、启蒙跟锻炼里面，有那个职业精神。到现在我还是这样子，我用职业选手训练的手段来训练自己写古诗，只是它不能卖钱就是了。另外一方面，我们也不得不从一个从容的角度去看，你想要永远是保持着一个什么职业球赛、职业钢琴家，去表演，去竞赛，去跟人搏斗，或是在世俗里面打滚，这样想的话，你没有从容的余地，你的东西不会有实质的厚度。

（原载《时代周报》2009年1月19日 第9期）

第四章　作家　活出矛盾

王安忆：
宁写死亡不写暴力

文/木　叶

王安忆

她的写作带着股韧劲儿，一字一句，不屈不挠，兢兢业业。靠着一砖一瓦搭起来的扎实，她有别于那些依靠单纯天赋的天才式作家。但其实，王安忆是有野心的。提到张爱玲时，她说："我不比她强，也不比她差。"

编者按

  三联生活周刊前主编朱伟在新作《重读八十年代》中评价:"王安忆最了不起的是,几乎每年对自己都有拓展。"这是一位马拉松选手:1986年出版《小鲍庄》,成为寻根文学的新生力量;随后的《三恋》转而关注性题材;1996年出版代表作《长恨歌》,描摹了一个时代——4年后凭借此作获得茅盾文学奖;1998年出版《我爱比尔》,影射第三世界与欧美的文化冲突;2002年出版《上种红菱下种藕》,反映城市现代化进程里的各种冲突;2005年出版《遍地枭雄》,描述都市边缘人的抗争与宿命……2017年,王安忆的新作是《红豆生南国》,这一次,她以中国香港、纽约和上海为视角,讲述了三个"都市移民"的故事。在小说的路上,王安忆的长跑功夫真真了得——越是庞大的体量,越能让她进入竞技状态。

  这是一个几乎处于所有潮流之外的作家。她不是当代文坛的先锋,也不像是一名最佳后卫,她的专注中有着一种走神,但这不妨碍其收成的多层次多方位。较之苏童对短篇小说"来自生理的喜爱",王安忆自认"先天上我与它有隔阂"。《启蒙时代》《长恨歌》《我爱比尔》和"三恋"……王安忆的兴致与力量更多是在中、长篇,所谓"不是巧匠,属砌长城那种粗工"。约有10年,她几乎一个短篇亦不曾写。

  "每一篇都不是随随便便写的",是"真性情"的流洒,无论是近年

第四章　作家　活出矛盾

渐渐与短篇的"和解"之作,还是"难免汗颜"的某些篇什。

2009年初,《墙基》《舞台小世界》《天仙配》《黑弄堂》,30年(1978—2007)来的短篇,以编年体的形式集结为4卷,由人民文学出版社推出,计120篇、130万字,王安忆自己亦感"吃惊"。

❝ 我不是一个写短篇小说的

时代周报:这4本书是1978—2007年的全部了吗?整理的过程之中是否有一种看老照片的感觉?经历过《长恨歌》之后,再回首,有没有感觉——那是你当初写的吗?

王安忆:倒也没有这样子(笑)。1980年以前写得非常少,大概三两篇这样的,主要的写作是从《雨,沙沙沙》开始的。

当然会觉得以前很嫩,很菜,像菜鸟一个。不过也没有这种怀旧的感觉,因为好像还谈不上旧吧。我觉得这30年对于我来说还是很踏实的,因为如果要有一种怀旧的感觉,恐怕是要有一个生活的转变。不管怎样,写得嫩也好,写得老到也好,都是自己写的嘛,没有中断过。实际一直是在这种生活里边,谈不上对这种生活有所陌生、遥远,都没有断过。

我的短篇或者是一个片断,或者其实是一个中篇的框架,结果把它写短了,或者是一个非常疏散的,像散文一样。

时代周报:4卷本看下来,有几个主题我觉得特别有意思,比如有一个回家的主题,一开始是《本次列车终点》,然后是《战士回家》《老康回来》。后面还有几个写身体的,尤其典型的是《洗澡》和《公共浴室》。

王安忆:其实怎么说呢,你说回家,可能我并没有刻意要去写的。其实《本次列车终点》和《老康回来》,还是和时代背景有关的。因为那应该是反映上世纪80年代的，整个80年代前期都充满拨乱反正（笑）。支疆青年在回来，受冤枉的人也在回来，在平反。似乎和它的故事背景有关系。《战士回家》其实是一个偶得，当时是越南老山战役吧，采访上海郊区一个牺牲的战士，然后就看了一些他的战友。这个战友给我讲这个烈士的故事，我当时觉得也并不是那么丰富。我非常被感动的是他在家那种安静的、安全的心情状态——大难不死归来之后。所以我就写了《战士回家》。

《洗澡》和《公共浴室》其实是没有关系的，名字上面可能像有。《公共浴室》倒是和后面比较近的那些有点关系，就是写成长。后来《救命车》也罢、《黑弄堂》也罢，还有《厨房》也罢，都是和成长有关系的。

这个时期的小说，和你刚才提到"回来"那个时期，有一个很大不同的地方。"回来"的背景是一个非常具有政治意识形态的，有拨乱反正嘛。最近你说的那些小说，对于我来讲倒是和意识形态脱离了，开始脱离意识形态了。

短篇对于我来讲有点像拾遗补漏，都好像算写作的碎零头，否则的话，这些东西我应该怎么处理它？

时代周报：这些零头也写了4卷，120篇，这其实是非常大的。

王安忆：这个数字是蛮大的，我自己蛮吃惊的，因为我从来没有这么好好地整理过。林建法说给一些作家编短篇小说集，给你也编一套吧？那么我就收拾东西，一看，只漏了一篇，我们试图去找，已经没有了，因为当年是江西的杂志，办了很短时间，叫《南苑》。后来我们各个图书馆都找了，都没有了。我有些小说发在上面，根本没有保留。就缺这一篇，其他都收齐了。

我说过了，我不是一个写短篇小说的，这不是我的擅长。我的力量和我的性格还是在中篇、长篇。

第四章　作家　活出矛盾

> **王琦瑶的死是"最粗暴的事"**

时代周报：没有灵感的时候，会怎么办？

王安忆：灵感对于我来讲似乎从来是一件非常具体的事情。可能，别人看我们，觉得我们充满了神秘的灵感，实际上对于我们来讲非常具体化。

没有的时候不是写不下去，就是说对于我来讲存在不想写，就是没有写作的欲望。你说写作当中碰到一个难关，难关总是有的，但难关都是很具体的，你还是得克服它。

时代周报：我觉得你的作品传奇性很少。

王安忆：这恐怕是我和大家都不太一样的地方。传奇在我来看，就是阿城所说的小说都是世俗的。对我来讲，我非常尊重小说的日常逻辑，确实不能期待在我的小说里边出现一个很大的转变，一个突兀的转变，在我来说我会非常慎重的。你看我的小说都不大（写）死人的，因为我觉得很多事情，怎么讲，刚才说世俗这个词，其实我觉得，生活使我们大家都感到非常为难，有让人为难的地方，但是它也不会把人往绝路上逼，不会让人过不去。还是会给人出路的，拐弯也好，跳过去也好。

时代周报：这个可能跟个性有关，我发现也很少写暴力。

王安忆：宁可写死亡，我都不大写暴力。我好像特别不喜欢，不喜欢粗暴的事情。这是个人的取向了。可能在我的小说里边最最剧烈的，大概就是《长恨歌》里边最后把王琦瑶杀了，这可能是我处理过最粗暴的事情了。

时代周报：这些都不写的话，神秘性有些时候也会减少，但是我在《老康回来》发现了很强的神秘性，他脑溢血还是怎么着，不是很清醒，但他一直在画

"米"字。我觉得这个可能是，4卷本里少见的具有神秘性的。

王安忆： 我倒也没有意识地想，这可能跟整个人的审美都有关系。其实，老康写"米"字，当时自己写的时候也挺得意的：这可能是很多批评家会做文章的地方，小说特别具有现代性的标志一样。其实现在回过头来看看它有什么，也没有太多的，它其实不具备过于丰富的（意境）。我这个人特别喜欢的意境，就是我的短篇小说《临淮关》，那个女孩子结了婚回到自己的娘家，她父亲生病了，她在淮河边上，听到淮河对面，光听到那边捶衣服的声音，河水茫茫。这是我的意境，可能个人的意境都不同。

❛ 最恐惧的是媒体

时代周报： 如果没有像《长恨歌》得茅盾奖，后来又拍成电影，是不是还有一种可能？因为盛名之下，无论是同学或者陌生的人，看到王安忆三个字之后，会有一种明星感。但对于作者本身，是否有点儿被误解？

王安忆： 这就不能太追究了，不能够太计较了。因为事实上，作品出来以后，它就属于别人的了，就不能太顾它存在的方式了。我在想有这样的状态其实跟《长恨歌》是有关系的，因为《长恨歌》改编影视剧什么的，搞得非常有流行色彩。另外一个，反正就是说现在我也变得很紧张，在任何场合总归少说话为好，稍微说两句，都不敢随便说话，而我又是比较随便的人。

我最恐惧的是媒体，因为现在的媒体和我们二十年前、十年前完全不一样。现在媒体和以前媒体的形象完全不同了。在这个情况下，你的意见只好保留。现在大部分媒体你也能看出来，就是文学记者和娱乐记者没什么区别。这是中国的国情，别的地方不会是这样的。其实是个蛮荒状态。但是你面对这样的现实，只好保护自己。

时代周报：你在哪里讲过："我写的是批判现实主义的小说。"但是，你批判现实的时候别人很难看到"狭路相逢"。余华讲"正面强攻"这个时代，可能这样的小说挺难写的。

王安忆：我肯定是批判现实主义，我对现实始终是有批判的，但可能比较温和。如果没有的话，我都觉得一个作家很难安身立命的，一定是和现实有格格不入的地方，才有可能会去做这么一个虚拟的东西。

其实讲到底，每个作家，苏童也罢，余华也罢，我们这些人都是站在现实的黑暗角落。这就注定了我们的立场是和现实不能融合的，所以我们才会做这样的活儿。

时代周报：有没有特别喜欢的短篇佳作，在世界范围之内。我经常看到你老提苏童、迟子建、刘庆邦。

王安忆：有很多很好的作家，你要说远的话，契诃夫的短篇多好啊。如果我们再到近一点来说的话，现在有一个美国的女作家，印度裔的美国作家，现在非常出名，在文艺出版社出了小说集。她的小说写得非常好，她不知是9个还是13个短篇编了一本书（可能是裘帕·拉希莉的《疾病解说者》，含9个短篇）。

最近我又看塞林格的短篇小说，也写得非常好。《九故事》里短篇写得很好。这都是外国，就说中国的，我刚才所说的这些人的名字，他们写的短篇小说一点都不比别人差。只是我们传播上有问题，别人不怎么知道。

中国当代文学不逊外国

时代周报：像《聊斋》，我觉得里边有很多都有点儿像博尔赫斯写的，可它比他还要早得多得多了。

王安忆：这个事情怎么讲，就是说中国的笔记小说，我个人对它们总是有所保留。当然它给我感觉也很好，就是奇思异想。但是中国的笔记小说实在是杂闻博见，是道听途说的一些逸闻逸事，我觉得它可能作为一个作品来讲是不完整的。当然我这样说别人肯定会骂我太自大了。可是我觉得我们的小说（概念）还是从国外来的，现在说写小说一定不是中国传统的。

也不是否定传统小说。因为我觉得中国的文学贡献还是在诗词散文吧。你刚才说的《聊斋》，我觉得它更像是素材。反正我觉得从一个小说的形式上来讲，我个人不以为我们有太多的遗产，当然我们有《红楼梦》。

时代周报：有些人也把王安忆的写作归到《红楼梦》这个派系里边来。

王安忆：对，有。他们这么归法是有一定道理的，不是写史诗的，不仅不写金戈铁马，而且更不是写大历史。

时代周报：我记得有一句话你说的，说当代文学一点不逊色于外国。

王安忆：怎么讲呢，我觉得不仅是短篇、中篇、长篇，真的，因为我们量大，我们有很大的一个基数，我们1%拿出去和别人比。尤其现在我们交流的量很大，没有太大的隔阂。我真是觉得我们是不差的，很不差。

时代周报：年轻作家不断涌现，新的姿态和新的手法对老辈作家，比如像你这样的，是否会有所思忖？比如说韩寒、郭敬明，为什么会有这么多读者？

王安忆：不对，这些已经离开文学了。因为现在的一个作者出来，他所面对的不是单纯的读者了，有媒体、出版商，所有的东西都推波助澜，很难讲什么是真正的需要，什么是被塑造出来的需要。现在很多事情都变得不真实了。我就说他们都不在我们今天的范围。另外，《安徒生童话》的遭遇和《哈利·波特》的遭遇完全不一样。你看《哈利·波特》等于是一个产业链，背景不同了。所以现在，我很难判断什么是一种真正的阅读。

时代周报：如果要问王安忆文学的梦想，或者野心吧，有没有，或者可能是什么？

王安忆：也没有什么野心，因为很多事情都是时间很难预定的。我就希望现在状态能持续久一些，能够再有写作欲望。

时代周报：这么多短篇写下来，有没有什么遗憾？

王安忆：遗憾啊？遗憾谈不上，因为我非常清楚地知道自己的能为和不能为，在这一点上我是很清醒。如果你能做到的没做，那是遗憾。基本上我都尽力了。

（原载《时代周报》2009年4月6日第20期）

白先勇：

在我心中，父亲白崇禧是英雄人物

文 / 李怀宇　武　勇

白先勇

三毛说，自己是看着白先勇的小说长大的；章诒和说他是"华文文学当今第一人"。白先勇描摹的对象，是那些沦落台北的"大陆客"，是民国历史遗留下的一代"患重的人"。白先勇的一支笔，写尽他们的漂泊与离散，追忆与生存。

第四章 作家 活出矛盾

编者按

晚年白先勇的日常，与两件事有关：一是为昆曲传习推广殚精竭力，二是口述父亲白崇禧的当年战事。先后有《父亲与民国》与《关键十六天》在大陆出版。其实儿子口述老子的历史，难度颇大。比如，对于白崇禧击败陆荣廷、沈鸿英及北伐之事，白先勇指责官方历史和其他当事人回忆"揣着明白装糊涂""乱讲"，但由他自己再讲，却也很难处理好历史与演绎的关系。在这方面，白先勇是矛盾的，他一面说"自己并没有避尊者讳、刻意拔高"，同时又很坦诚地告诉大家，"在讲述白崇禧的时候，他不单是一个写作者，也是一个父亲的儿子"。这两年，80岁的白先勇又出版了《白先勇细说红楼梦》，对他来说这太自然了，"我一辈子就没有离开过贾宝玉"。

几年来，白先勇先生致力于撰写传记作品《仰不愧天——白崇禧将军传》，根据其父白崇禧生前的回忆，并访问了许多当事人，参考海峡两岸相关书籍，以史笔重构历史世界。其间因热心推动昆曲之故，数度耽搁，目前已完成了约3/5。这部传记部分章节在《温故》连载后，引起广泛关注。在接受《时代周报》记者独家专访时，白先勇先生畅谈研究和写作心得，披露白崇禧将军鲜为人知的史实，并对民国史研究提出独特的见解。

在白先勇看来，白崇禧亲历了民国史的每一个重要阶段：在辛亥革命时期立志当一个军事家；北伐是一生中最得意的时候；台儿庄是异常惨烈的一仗；国共内战是非常痛心的一段历史；在"二二八"事件后赴台宣慰，下令不准滥杀，同情台湾人。

白先勇分析了白崇禧与蒋介石复杂的关系，认为白崇禧以国家大业为重，因而得罪他；蒋介石重用白崇禧，但在节骨眼时并不听白的建言。国民党在大陆兵败后，白崇禧并没有选择像李宗仁那样赴美定居，也放弃到其他地方的机会，自认到台湾是"向历史交待"；而后在台湾基本上赋闲，并不得意。对于白崇禧的突然离世，白先勇认为死因是心脏病猝发，否定了被毒死等其他传言。

在《仰不愧天——白崇禧将军传》的写作过程中，白先勇充分利用回忆、口述、信件、演讲稿等第一手材料，力求使自己的史笔不同于才华横溢的小说写法。对历史人物在特定环境下未能畅所欲言，回忆常常不可靠，白先勇深含"了解之同情"。而谈到中国历史研究不能秉笔直书的现象，白先勇痛感："我们自己先不尊重自己的历史，人家怎么尊重你？"

白崇禧的一生就是一部民国史

时代周报：你为什么会产生撰写《仰不愧天——白崇禧将军传》的想法？

白先勇：我觉得民国史到现在为止，无论是哪一方面好像都还没有一个完整的论述，有些在资料上、观点上都蛮混乱的。关于我父亲的事迹，我看到的文章有一些资料还不全，另外跟我父亲的一生有点出入，尤其有些观点是有出入的。所以，如果由我来写关于我父亲的事情，我是近距离地看他，有些地方是第一手的资料，可能可以补充一些看法。

时代周报：历史上儿子为父亲写传记的例子并不是很多，以你这种身份来写这部传记，有没有特别之处？

白先勇：第一，我自己是一个作家，可以写；第二，由我的观点来写，这是我了解的父亲，当然还有很多地方是别人的看法，我的看法也可以是一个方向吧。

第四章　作家　活出矛盾

时代周报：你原来是写小说的，这次进行历史著作的研究和撰述，花了哪些功夫？

白先勇：我写小说有自己绝对的自由，传记就不是了，很多地方就是靠资料和我的记忆。历史就是希望能够求真，因为我不是学历史的，在写我父亲的传记之中，也等于是在重新研究学习民国史，民国史好复杂！我父亲从辛亥革命开始，一直到国共内战，到台湾，这几十年，他的一生差不多就是一部民国史。所以研究他，我也看了很多民国史，觉得蛮有意思的。而且，我对民国史一向就很感兴趣。

时代周报：你的小说里蕴含了民国史很重要的部分，特别是1949年以后，很多民国人物历尽沧桑的感觉，写得非常深刻。

白先勇：我想中国的文学家，很多人一向都有很深的历史感，因为我们这个民族是一个历尽沧桑的民族，我们有这样悠久的历史，从古到今几千年一直不断，所以肯定有一种历史的纵深的感受。我们最伟大的诗人杜甫，以诗写史，这是我们中国文学的传统。

时代周报：你在写作过程中，小说家的笔法跟历史学家的笔法有什么不同？

白先勇：我在写我父亲传记的时候就比较客观了，用比较客观冷静的笔调，也是非常简练，跟原来小说风格完全不一样。

时代周报：中国自古以来就有这个传统，在《史记》里，司马迁用了很多文学的笔法，文学与历史之间的关系密不可分。

白先勇：没错，我觉得《史记》就是一部最好的小说。你看《史记》其实是用小说的笔法来写历史的，人物的对话很生动，场景的制造都是小说的笔法，可是，人物个性也非常新颖，刻画得很好。我想历史与文学在中国来说，很长一段时间是文史不分的。

时代周报：关于你父亲的传记，此前有程思远写的《白崇禧传》，还有陈存恭等人在你父亲生前作了一百多次的口述历史，这些著作你有没有看过？

白先勇：看过。程思远的《白崇禧传》，我看得蛮仔细的。因为程思远先生跟我父亲的关系很近，很长一段时间跟在我父亲身边，所以他对我父亲有很深的了解。他写的这部传记，在史实方面相当翔实，可是因为他在中国大陆写的，立场观点当然有他的看法，我想这就是见仁见智了。

陈存恭等人的口述历史整理，一共132次访问，很可惜，还没有讲到国共内战，只讲到抗战，是最宝贵的第一手资料了。不过在那时候，当然父亲身在台湾，他的处境也相当艰难，有些话可能也不便说，尤其他跟蒋介石的关系，我想有一些地方可能还是没有写出来。不过算是尽力了，因为"中央研究院"做得比较学术性，那些事实都是对的，但是有些比较复杂的想法就没写进去了。

时代周报：这两本传记之外，还有没有其他的传记？

白先勇：在中国大陆出了几本，那些就不是很可靠了。

时代周报：由你来写你父亲的传记，跟他们有什么不同之处？

白先勇：我跟我父亲在台湾相处了11年，那都是我亲眼看到的，别人没看到，台湾这部分比较特殊一点。有些历史方面他都跟我说过的，像1946年第一次四平街战争，他跟我讲过几次他的感受，所以我就是写出他的感受。像淮海之战，他的那些想法也跟我讲。还有，"二二八"事件是蒋介石派他到台湾来宣慰的。我当时年纪还比较轻，对历史还不是那么了解。后来可惜等我想问他的时候已经来不及了。不过那时候我在念大学了，他有时候也跟我谈起来。尤其几个重要的战争，像北伐的龙潭之战，他的一些感想，我听他自己讲，是了解的。

第四章 作家 活出矛盾

> **白崇禧一生大节不亏**

时代周报：你父亲生活当中是一个什么样的人？

白先勇：他一生就是为了国家，为了民族，这就是说，几乎没有自己的生活了。他很年轻就参加了辛亥革命，然后就北伐、抗战、国共内战，一直打下来，前大半生都是为了国事。我想他很重要一点就是参加过辛亥革命，18岁就参加学生敢死队，到武汉去参加革命。到了那里辛亥革命已经成功了，但是他因为参加革命又见过孙中山，所以一生可以说对整个国民革命、辛亥革命那个大传统都认同。为什么他后来选择到台湾，死在台湾，我想跟他这个信念有极大的关系。

我要讲他非常爱国。他以国家为前提，有时候他能为这个事情得罪蒋介石。他是以国家大业为重，从北伐、抗战一直到国共内战，他的主张，都看得出来，这是我对他的感受。所以，我一直觉得，在我心中他是个英雄人物。他这几件事情，能够担当对国家的责任，他是非常爱国的一个人。他一生的优点还是以国家大前提为重，能够在大事方面守大原则，虽然国民党失败了，国共内战中国民党失败了，我想他完成了自己的一生。他从辛亥革命，最后到台湾，虽然晚年过得不愉快，但那是他自己选择的。我想他一生大节不亏。他的一生，处境都是特别艰难，夹在许多派系、团体之间，能够到最后保持他的晚节，这个不容易。

时代周报：从1937年你出生到1949年这段时间，你跟你父亲接触多吗？

白先勇：第一，我年纪小，第二，他经常在前方，所以我们看他的机会并不多。我对他前方的事情不是很了解。我记得，我们在桂林的时候，他打了仗回来，穿着军服，我们就去迎接他，可是真正在战场上的事情我们就不太清楚。但是，我知道他在前方的时候，我母亲都是很着急，很担忧的。

时代周报：1949年之后，你跟你父亲相处这11年里，谈得比较多，了解也更深一点？

白先勇： 他在台湾的晚年我比较了解。当然到台湾去，他无论在政治上、军事上都没有权力了。第一，国民党这么失败了，当时心情不好，这是很能理解的。第二，他跟蒋介石之间的关系很复杂的。现在一般觉得蒋介石跟我父亲好像有很多恩怨，两人之间的矛盾其实不是那么简单，要分阶段性的。在蒋介石重用的军事领袖中，非他嫡系的人，可能我父亲跟他是最亲近的一个了。你看，我父亲在北伐的时候是他的参谋长，在抗战的时候是他的副参谋总长，在国共内战的时候是"国防"部长，三个阶段可以说都是他的军事幕僚长。

其实蒋介石很重用他的，但是因为我父亲是一切以国家的前途为重，有时候讲了蒋介石不大中听的话，跟蒋介石的意见不见得相合，所以他们两个人有时候会产生矛盾。但是，在很重要的时候，比如说台儿庄大战、东北四平街大战、"二二八"事件，都是蒋介石派他到那边去督战，去安抚。在北伐时候更是了，他们两个人有时候非常亲近，有时候又很矛盾。基本上蒋介石算是很重用他的，但是，在节骨眼的时候蒋介石就没有听他的建言。

时代周报： 你写四平街之战时，是你父亲提出国军要乘胜追击，蒋介石觉得是你父亲出的主意，所以就不听。

白先勇： 有的人这么说，像李宗仁就这么讲。那个时候我父亲的确几次提出来希望留在长春，继续追击林彪，蒋介石没有采纳。

时代周报： 唐德刚曾经问李宗仁：1949年为什么不去台湾而是去了美国？李宗仁说：我在台湾没有班底。那么，你父亲当时有没有考虑去美国，难道非留在台湾不可？

白先勇： 我父亲从来没有想过要到美国。我父亲最后一仗打到后来败退到海南岛去了，是蒋介石派人叫他回台湾的。他也就回到台湾来了，台湾那个时候是非常不稳的。我父亲自己讲："向历史交待。"我想，他不可能选择别的地方，那时候有好几个选择，也许可以在香港待下来，也可以到美国去呀。甚至可以到沙特阿拉伯，麦加的回教将领在那边，马步芳、马鸿逵到沙特阿拉伯去了，我父亲是回教理事长，沙特阿拉伯非常欢迎他，他都没有到那些地方去。他选择到台湾，假如没有什么班底，就没有什么势力，到台湾的处境他知道的，还是去了。

时代周报：你父亲跟蒋介石的关系非常复杂，那他跟李宗仁的关系呢？

白先勇：他们的关系就是另外一种复杂，他们两人就是非常好的搭档。我想他们两个人互补不足，基本上处得很好。李宗仁很尊敬我父亲的，我父亲当然很礼让他，一直都把他当做广西的领袖。所以他们之间也是难得，虽然他们常常也有不同的意见。

时代周报：唐德刚写的《李宗仁回忆录》，你怎么看？

白先勇：这个回忆录当然是李宗仁讲的，李宗仁当然有他自己的观点，他也是民国非常重要的一个人，我想他那个回忆录是一个很重要的史料。但是，因为他跟蒋介石的关系，跟我父亲讲的话又不太一样。李宗仁和蒋介石两人矛盾更加尖锐。

❝ 白崇禧在抗日战争中功不可没

时代周报：1949年之后，你父亲怎么跟你谈他亲历的历史？

白先勇：我喜欢跟他聊天，也谈了一些。说他在我心目中是个英雄，比较抽象。另外一点，他是中国近代史相当杰出的一位军事战略家。在抗日的时候，我父亲在武汉军事会议上提出抗日的大战略：以小胜积大胜，以空间换时间，以游击战辅助正规战，跟日本作长期抗战。这个战略被军事委员会采纳以后，就成为抗日的最高战略原则。这个很重要，也是抗战胜利最大的一个原因。那时候因为国军跟日军在军备上优劣差太远，无法跟日本人进行正规军的作战，所以要以空间换时间，以小胜积大胜，要把日本拖到中国的内地，陷到泥淖里面，拖长日本人的补给线，打日本人的消耗战，把日本人拖垮。我父亲提出这个战略，是效法19世纪俄国人对付拿破仑的战争。俄国人一直拖长了补给线，拖到俄国的内部去，结果法国被拖垮了。

时代周报：他自己有没有谈起对辛亥革命的一些想法呢？那可是他人生走向成熟的重要阶段。

白先勇：有的。他那时候在广西，也受了孙中山革命思想的感染，要起来革命。而且他念过陆军军事学校，新的革命思想感染了他。

时代周报：当时他有没有立志想做一个军事家？

白先勇：有的。他参加辛亥革命是很重要的一步，那时候家里当然反对他去投军，他才十八九岁嘛，当了学生军。学生军往武汉走的时候，家里人本来在城门要拦他回去的，他换了另外一个城门跑出去了，赶上他们的队伍，就从军去了。那一步踏出桂林，是他人生中很重要的一步。从此他就踏出去了，然后就到了武汉，那个时候辛亥革命已经完成了，他就到保定念军事学校，开始研究军事，就立志要当一个军事家。我想那个时候就是时势造英雄吧。

时代周报：他有没有谈过北伐？

白先勇：谈过。北伐是他一生中最得意的时候。他从广州一直打到北京，第一次进北京城，是他领军进去的。从南一直打到北，他领着军，进杭州，进上海，那时候他才三十几岁。国民革命军以少击众，打败了北洋军阀，是他正年少最得意的时候吧。我也感受到他的那种少年得志。

时代周报：从北伐胜利到抗战爆发，这所谓"黄金十年"，你认为应该如何评价？

第四章 作家 活出矛盾

白先勇：那10年是很复杂的，讲不完了。我就从父亲的角度来讲，后来不是发生蒋桂战争嘛？打广西，后来父亲又重整广西六年，在他一生中，对广西来说都是非常关键的几年，广西被建设成为三民主义模范省。胡适后来去参观了。那时候广西全省皆兵，复兴土地改革，然后实行军事教育，实行现代化，那几年突飞猛进。

时代周报：抗战对你父亲一生的历史也是非常重要的阶段，尤其是台儿庄之战，你怎么看？

白先勇：回头看，中国在20世纪发生一个最重要的外患就是中日战争。八年抗战，如果加上东北的话那就不止了，从1931年开始，一共是14年，中国被侵略，那么大的损失，可以说有亡国之虞，可以说是一个民族圣战了。八年下来，血肉长城，全民抵抗。这个抵抗外族侵略的抗战，父亲在里面扮演了非常重要的角色。台儿庄之战是关键又关键的一战，那时候南京陷落以后，屠城非常惨烈，悲观主义完全散布到全国。看起来日军势如破竹，一路打进来，国民党无抵挡之力，可是在台儿庄那一仗，把日本打败了。这一仗不仅是对全国，对全世界的影响也很大。那个时候世界各国也不看好，以为中国一下子要被日本打垮了，日本说是三个月就要打败中国。那一下子，全国的人民可以说好像触电一样，振奋起来，团结起来了。这一战，精神上的鼓舞是不可低估的。在武汉，有好多人游行，庆祝台儿庄获胜，全国、世界各国的报纸登的都是日本人头一次打败仗，证明日本并不是无敌之军，从那时候中国人就振奋起来了。

台儿庄之战是父亲和李宗仁领导，还有其他将领，像孙连仲，还有各地的军队，川军王铭章师长，整个师都殉城，非常惨烈的一仗！我觉得非常遗憾，到现在为止，还没有一本好好研究的专著来写我们这一仗，中国人有时候对自己的历史不够负责。

时代周报：是不是台湾对这段历史也比较封闭？

白先勇：对呀。我想，这是因为他们也有政治立场，是李宗仁的李军打的了，我父亲他们打的，所以也有所忌讳。其实这应该撇开所有这些政治立场，这已经是历史，而且是整个中国、整个民族的一场战争。现在我们常常说，抗议日本人篡改教科书，篡改侵华史，那我们自己先不尊重自己的历史，人家怎么尊重你？

时代周报：你父亲对国共内战谈得多吗？

白先勇：也谈的。谈到这一段，对父亲来讲是非常痛心的一段历史。因为从四平街那时候讲起，他认为很多军事战略上都是错误的。而且，我想他那时候先当国防部长，后来当华中总司令，很多时候他已经不能参加决策的，他有些建议也不被采纳。后来蒋介石在《苏俄在中国》这本书里面，也认为国共内战自己的关键错误，就是下令停战。东北太重要了，国民党败了以后，40万军队被围在东北，消耗得非常厉害。

时代周报：到了1949年天翻地覆大变化，国民党兵败如山倒，你父亲最后还坚持到海南。他当时对战局的看法，已经非常清楚吗？

白先勇：是的，我想他那时候知道的。因为一步一步都是他亲身参与的，到了后期，就已经无法挽回了。

时代周报：从历史来看，除了军事上的原因以外，民心也是一个很重要的因素吗？

白先勇：那当然。那时候有很多原因，现在看见我们检讨，这个是很复杂，民心上很重要的一点就是八年抗战以后人民已经非常厌战，非常疲倦了。另外，八年抗战以后，国库空虚，经济崩溃，根本民不聊生，很多也是国民党自己错误的政策，经济政策、政治政策导致这样。

第四章　作家　活出矛盾

❝ "二二八"事件后白崇禧同情台湾人

时代周报：对台湾人来讲，"二二八"是一个很重要的事件，你父亲是去善后的吗？

白先勇：是善后，去安抚他们的。我父亲扮演一个很重要的角色，去了以后，就下令不准滥杀。所以我父亲救了不少台湾人，已经关到牢里面被判了死刑的人，现在好多"二二八"的受难者的口述历史出来，有好几个都是本来要拉出去枪毙的，刚好我父亲令到，救了他们。而且我父亲安抚人心起了很大的作用，所以后来老一辈台湾人，现在还相当多人对我父亲非常怀念、尊重的。

时代周报：到目前为止，各界对"二二八"事件的评价都不太一样，而且到底死了多少人，各种史料都是不一样。

白先勇：对。我觉得可能还得深一层去研究真正的真相，要把整个原始资料重新整理过。

时代周报：你父亲怎么看"二二八"事件？

白先勇：他觉得开头陈仪的处置错误了，所以他后来建议要把陈仪撤职。他相当同情台湾人的遭遇。但是，台湾人那时候当然也要打外省人，台湾有些暴动的事情也处理不当，如果处理好的话，不应该有这种事情的。

时代周报：你父亲1949年之后到台湾，其实不是很得意，没有什么重要的位置，基本上是闲职，可以这么说吗？

白先勇：对。他是当了顾问委员会副主任委员，那个委员会等于是一个没有真正实力的机构，像何应钦、顾祝同一些老将在里头。

时代周报：你在《台北人》中写到这些国民党老将的感觉，是从文学的角度真实地表达了他们的心态？

白先勇：我想应该是吧。他们的感受，我也感受到了。

时代周报：你父亲一生事业在1949年之前已经基本完成了，那么，1949年之后应该怎么评价呢？

白先勇：我想1949年之后他是赋闲了。他到台湾去，按他的意思等于说跟国民党共存亡。他死在台湾，他自己的一生算是完成了。如果他选择别的地方住的话，我想他感觉死得不得其所。

时代周报：关于你父亲去世，现在有不同的说法，你自己怎么理解？

白先勇：有人说我父亲是被毒死的，这个是不正确的，是谣言。我父亲是心脏病猝发，心肌梗死。他本来就有心脏病，冠状动脉肥大，我想这个心肌梗死是他的死因，医生都这么讲的。当然也有很多谣言。

时代周报：有人提到你父亲跟一个女护士的关系。

白先勇：那都是些谣言。包括放毒药什么的，都是谣言。我想如果要置我父亲于死地，用不着那么笨的方法，还悄悄地放在药酒里面，这个很容易发现的嘛。这都不是真的。

时代周报：他的去世算不算是比较突然？

白先勇：他去世是比较突然的。我当时在美国，我的亲人在他那儿。

时代周报：关于你父亲生前做的口述自传，当时有一个想法，就是要谈到他在1949年之后的事情？

第四章　作家　活出矛盾

白先勇：本来就要谈的，就是来不及了。

时代周报：现在你写到他1949年之后的事情吗？

白先勇：会的，尽我所知。

时代周报：你的《台北人》里表达了对1949年之后台湾历史的看法，如果你在传记里再写这一段的话，有没有一些新的看法？

白先勇：那可能有一点不同。时间又过了，有些事情看得比较清楚一点吧。

❝ 有时候回忆不见得可靠

时代周报：这几十年来，华人世界对你父亲有各种评价。如果你站在史家的立场来看，会怎么评价白崇禧先生？

白先勇：最重要的，他是一个军事战略家。在民国，很多战略是出自于他的想法，比如说北伐、抗日的战略。所以，我想这是他一个最重要的身份吧。

时代周报：在台湾，一般对你父亲的评价是怎么样的？

白先勇：在台湾，前一阵子因为我父亲跟蒋介石恩怨的关系，都比较忌讳的，都不讲。

时代周报：大陆的评价你有没有看过？

白先勇：看了一些。不过，大陆上还把李宗仁、我父亲讲成所谓的桂系军阀，这种称呼我觉得不太恰当。军阀是讲地方上一些军事首领，只注重地方利益的。我父亲当然跟广西关系很多，但他做国防部长、参谋长，他北伐、抗日，这些都是全国性的，为了整个国家的，不是为了赢取私人性的东西。

时代周报：海外有没有学者专门做这方面的研究？

白先勇：还比较少。我想最有影响的就是唐德刚的《李宗仁回忆录》，李宗仁在国外可以畅所欲言，所以讲得比较自由。

时代周报：从事历史研究尤其是口述历史，会发现有时候回忆是不可靠的。

白先勇：是的，有时候回忆不见得那么可靠，有时候会忘掉，或者错移了。回忆有时候往往是观点比史实更重要。

时代周报：你在写这部著作的时候，除了你自己的回忆、你父亲的回忆之外，其他的史料会怎么运用？

白先勇：我尽量去看一些史料了，看别人的回忆录，还有我父亲跟别人的一些信件。后来我在广西图书馆发现一批我父亲的演讲稿，他在抗战前后，到了很多省，要推动他的政策，到处去演讲，那个稿子就是那时候的一手资料了。有时候我也去访问别人。我觉得有些记载下来，当时的感受观点更重要。

时代周报：中国历史上有很多歪曲的记载，即使是近现代史，里面也有很多不实的记录。

白先勇：非常多。我想以后渐渐地要还原成历史的真面目，这是很重要的一个工作，很沉重的一段工作。

时代周报：在民国这一段，因为国共两边各有看法，还有史学家取的材料、立的观点，也影响了对民国史的一些判断。

白先勇：没错，这个很麻烦。比如说有些国军将领被俘虏，他们也写了很多回忆录，因为那时候被俘虏，他好多话都不能讲，或者他得歪曲来讲，所以很多地方又靠不住了。

时代周报：在1949年去了台湾的人，在那个环境下，也很难畅所欲言。

白先勇：有些话也不能讲，这都是问题。这民国史上面，可能有的都已经嫌晚了，很多当事人不在了。现在台湾应该还有些人在做，有些人还活着，虽然他们有些八九十岁了，也做了一部分，还做得不够。

时代周报：读者会期待看你怎么写你父亲。

白先勇：我想我应该提一句，我是写小说的，别人一定会讲：因为写自己的父亲，你一定是很主观来看的，我想这也是不可避免的。这是一个传记，总是有一个看法的，这也是我个人对我父亲的看法。

（原载《时代周报》2009年4月13日第21期）

朱天文：

写作是天赋，也是诅咒

文 / 喻 盈 王诗媛

朱天文

在台湾文坛，"朱家人"是一个符号：父亲朱西宁是台北文坛的领袖之一，母亲刘慕沙是翻译家，三个女儿朱天文、朱天心、朱天衣均是台湾著名作家。文学时代，朱天文是胡兰成的弟子；娱乐时代，朱天文是侯孝贤的御用编剧兼红颜知己。

第四章 作家 活出矛盾

编者按

2017年7月,刘慕沙去世。从此,台北那栋三层楼老楼里,剩下朱天文和妹妹朱天心、妹夫唐诺、侄女谢海盟。大陆对这一文学世家有诸多想象,其中又以对朱天文的想象最为骇人:诸如《她是张爱玲和胡兰成的传人,61岁还没结婚,却把日子过成了诗》。想出这种标题的人大概不知道朱天文说过:"我宁可做一个世俗热闹的人,也不做圣女。"无视外界的想象,这些年来,朱天文几乎每两年都会创作一个电影剧本,小说长篇短篇的轮换着写。朱天文对此的解释是:"每个人年轻时的写作,是凭才华和气场,那是浑然天成写出来的。可是写几年,不再年轻,素材也用完了,还可以用以前累积的老本再持续一阵子。我们活在这个世界上,太多东西可以把你引到别的路上去,人生就是无数个小的选择累积成今天的样子,每次小的选择、小的分歧都可能走到另外一条路。像美国诗人福斯特讲的,林间小径分成两条,我选择人迹稀少的一条,风景是另外一种面貌。我总在走一条比较难,比较稀少的,必须去搏斗,搏斗当中其实就会有东西出来。"在人迹罕至的写作小径上,朱天文像个女战士,兢兢业业,锲而不舍,奋力拼搏。

2009年，台湾作家朱天文的两本小说《巫言》和《荒人手记》的简体版几乎同时在大陆面市。创作时间相隔十几年，两本小说风格迥异，大陆读者却是同时读到，不得不说是一次颇值得玩味的阅读体验。

朱天文和妹妹朱天心一直被视作"张派传人"，对于饱受口水和眼球困扰的《小团圆》，朱天文觉得，张爱玲"把自己打到猪圈里了"，她最好的时光始终停留在上海。

和朱天文通电话的时间，是事先通过出版社约定好的，她准时地守在电话旁——若是平常，她很少主动接听家里的电话。在5月刚刚推出的长篇小说《巫言》简体中文版里，朱天文毫不掩饰对电话的"敌意"："电话真的不是什么好东西，无非证明了一句实话：'人在家中坐，祸从天上来。'"

不光是电话，她还不用电脑，手机里存的号码屈指可数。与出版社的联络，常常是靠传真。除了参与侯孝贤电影的编剧工作，朱天文的社交生活几乎为零。至今单身的她，与母亲及妹妹一家生活在一栋老房子里，她说："幸好还住在家庭里面，否则肯定变成一个猫人或狗人了。"

有人说她"大隐隐于市"，她却说自己"如果不写作，在生活里只会是个很失败的人"。她拿马尔克斯《百年孤独》开篇出现的那个老将军自比："老将军从吉卜赛人那里得到一个大磁铁，四处拖，乱七八糟有用没用的全部都吸在他的大磁铁上，巫这个小说家的状态，就像是被大磁铁吸的一堆没用的东西弄得她举步蹒跚，在生活里一步也动不了。"

《巫言》里的"巫"，就是朱天文自己。她学卡夫卡，拆自己生命的房子，来作小说的砖瓦："巫的生命的房子是怎样的？对她来说每一样东西都不是垃圾，都好像生命，人用过之后，塑胶也变得有一种情感。对别人来说都很容易、很理所当然的事，为什么到了她这里却事事都不理所当然？而她这个生活状态，创作出来的又是什么东西呢？"《巫言》就是这样两条平行线，全部以巫字开头的巫的生活，和她写出来的一篇一篇的小说，这两者之间似相关非相关，像音乐里的赋格。

第四章　作家　活出矛盾

如果说朱天文发表于1994年、获得首届时报文学奖的长篇小说《荒人手记》，是一场奢靡的文字实验，《巫言》则更像一次结构的冒险。她从不因循自己的老路。在《荒人手记》里，她已经实践了"《诗经》的四字真言体"，四个字四个字作为节奏，作家阿城说："这是以诗的语言写小说。"到了《巫言》，四字体便成为朱天文的禁忌。她开始用大白话营建一个庞大的歧路花园，离题、不断离题，把时间转换成有岔路的空间："如果时间迷路了，死神就找不到你了。"

文字是咒语，把不可能变成可能。

> ## 从张狂到纾解

时代周报：《巫言》和《荒人手记》的简体版几乎同时在大陆面市，两部小说的创作时间相隔了十几年，大陆的读者却是同时读到，这是一件有意思的事。你自己经历了怎样的变化？

朱天文：《荒人手记》出日文译本时，我有机会重看了一次，看过之后觉得那时候非常的张狂，姿态很像是我站出来要跟这个世界宣战。就像弘一法师李叔同的两句诗：眼界大千皆泪海，为谁惆怅为谁颦。我怎么会有这么多的眼泪？说生、说死、说爱情、说爱情的失去……在我十年后来看，真是大肆狂野。到我写《巫言》，也许是年纪的关系，张狂变成了另外的吟咏，整个舒缓下来。因为舒缓，所以有余裕，有回旋的空间，也就可以幽默了吧。更多的细节，更多生活里微末的事都可以容纳进去，《荒人手记》时期关注的大问题，到这时都化成生活里一个个实体去看。世界常常并不会因为人的决心跟意志而改变，往往是人被时间消化掉。可是在被时间溶解、消化之前，总还可以有一个人的眼光、视野存在下来。

时代周报：写《巫言》的8年，你几次抽身去写剧本，2001年《千禧曼波》、2002年《咖啡时光》、2005年《最好的时光》，直到2007年的《红气球》，会不会对你的小说造成影响？

朱天文：会啊。好比我这段时间写《聂隐娘》的剧本，广泛地读唐朝的东西，做田野调查，的确是把自己小说的工作打断，进入完全不同的世界。可是这些世界到后来，你也吸收在内了，不晓得在什么时候会在小说里体现出来。它酝酿得够了，会变出个什么东西我也不知道。电影，侯导演是主要的发动者，我参加进去以后，这一块也变成是我很多不同的窗口。很多的材料，总会在你生命中留下，倒过来也影响作品，使作品有多种不同的样貌。就好像《巫言》里头写了很多接触电影的年轻人，那些年轻人跟我相隔一个世代，我如此的陌生，跟人类学家跑到一个原始民族去看他们的那种陌生是一样的。

我从1982年就开始写电影剧本了，但直到《巫言》，电影所接触的这些人、这些材料，才真正化成自己的，融入我的世界，差不多沉淀了30年。

人类学家式的写作

时代周报：在你的小说里，我们经常看到对于新兴的科技、电子产品的描写，比如有关上网、电邮，但是我知道你自己不用电脑，也不上网。

朱天文：其实我还是充满了好奇心，虽然说自己不实践。好像英国、法国的人类学家，他们对自己的文明是大有意见，跑到巴西、非洲、太平洋的岛上，人类最开始、文明最原初的阶段去那里做田野调查，一蹲几年。我对现代所有发生的事情，基本上态度也是这样，就是做观察，不先做批判。我有不同意、不赞成、不适应、不习惯，但都不这么快反应，就是先作为一个观察者。我还是会觉得，要用我活在当下的优势——古人不可能活在我这个时候，未来的人也不可能活在我这个时候，在坐标上，没有任何人可以取代你自己的位置，那你为什么

第四章　作家　活出矛盾

不对你现在的存在感到是一种奇迹呢？我携带着过往古人的种种，但我还是写今天，还是充满了惊叹。

时代周报：你觉得不同世代的人之间是不可能沟通的吗？

朱天文：我觉得也别假装了，毕竟你是五十几岁，也别装着能跟他们混在一起。他们有他们这个世代自己的东西，我意见很多，一肚子地觉得不应该这样，我能有的最大的善意，就是做一个人类学家的观察。想想我自己十几岁开始写东西的时候，完全看不起大人，觉得大人什么都不准，又老又顽固，看了就讨厌。其实我对沟通是蛮悲观的。创作好像瓶中书，你把自己的信写好装到瓶子里投进大海，你不知道信会漂流到哪里、在什么地方被别人捡到。如果某个远方的人捡到你的瓶子打开来看，他能够看到一种喜欢，那就是非常幸运的沟通了。如果读者的容器够大、阅历够多，甚至他得到的比作者所能给的还要更多。你不能去假设读者喜欢什么、取悦他、判断他能不能看懂，只能尽全力把自己这一刻整个抛掷出来，做成一个造型，放给大家，他取他能取的，这就是作者跟读者的关系。

时代周报：在《巫言》里，"巫看"的部分似乎最容易理解，然后越来越难，到后面，"巫时"是什么意思？

朱天文：巫时，是巫的时间。这个时间可以极大化，也可以极小。在别人来讲正常的时间、物理的时间就是一天24小时，但是假如你在等待一个所爱的人的电话，这个时间简直长得像整个秋天。像我们与胡兰成老师的交往只是一年，一年在时间的量上很小，在时间的质上却很重。这种物理时间之外的时间，我都把它叫做巫的时间。巫的时间可以跨来跨去，古时候也跑，现在也跑，也像一个化石。化石是一个空间，可是这个空间最底下那层是几亿年前，一直往上到最表皮可能是现在。

所以我觉得巫时其实是把时间变成空间。生命最短是生老病死的一条直线，那我们怎么来走这个生命呢？作为一个巫，你可以用你的咒语（文字），把不可能的变成可能,把不可逆的时间变得可逆,把时间变成空间。在短短的这一生中尽情地去看,浸淫其中,乐而忘返。

《小团圆》没了那个光辉

时代周报:王德威把你归作"张派传人",张爱玲早期和晚期的作品,你更喜欢哪部分?《小团圆》出版后,你好像一直没有发言。

朱天文:我觉得张爱玲最好的时候就是在上海的时候。到《小团圆》,她像是亲手把自己这个神话拆解掉了。天心和我看完《小团圆》,感慨:"哎呀,她怎么把自己打到尘埃里!"何止尘埃,我觉得她是打到猪圈里了。

现代小说家是多疑的,自我解剖,很自苦,人家没有这样要求你,你却对自我探索、自我挖掘绝对不手软,跟写实主义非常不同。所以卡夫卡才会说:现代主义小说家是在拆自己生命的房子,去盖他小说的房子。《小团圆》更是这样,张爱玲把她家族所有的人,所有的故事都拆解了。天心说:"如果说我对她保留最后的敬意,那是因为她是一个忠于职守的现代小说家,像一个老将军,最后还战死在自己的沙场上。"

我觉得《小团圆》是求恶得恶。有所谓大叩大鸣、小叩小鸣,还可以再加一个善叩善鸣、恶叩恶鸣。善跟恶,我并不把它落在道德上,它就是一个世界的两面,一个光亮一个阴影,你去叩它善的话,回的是一个善鸣,你去叩它恶,它回一个音给你也是恶。

其实张爱玲过往的作品也都是恶叩恶鸣,但因为年轻,本身释放出一种神采跟光辉,即便是恶,也带着神采,但是到了《小团圆》,我觉得那个光辉的东西没有了。

(原载《时代周报》2009年7月20日第35期)

第四章　作家　活出矛盾

余光中：
把乡愁拿掉我仍很多彩

文 / 李怀宇

余光中

梁实秋称赞余光中"右手写诗、左手写散文，成就之高、一时无两"。余光中在中西文学界均享有盛誉，往返于海峡两岸，却从未有过归属感。读他的诗，迎面而来的是一种入骨的苍凉与顽强。

编者按

2017年12月14日,余光中去世。很多人对余光中的印象,止在《乡愁》里那枚小小的邮票。创作《乡愁》时,余光中不过二十多岁。但随后一生,余光中诗文的主题,离不开"离乡""乡愁""孤独"和"死亡"。余先生曾把自己的生命划分为三个时期:旧大陆、新大陆和一个岛屿,旧大陆是祖国,新大陆是异国,岛屿则是台湾。几次逃亡,数次离乡,余光中称这是自己的"蒲公英的岁月"。作为一个诗人,余光中用一生思考生命的始终,明知结局宿命,却依然要与永恒拔河。

"我们这个时代,读者越来越少,听众观众越来越多,一个人专心看书的场合越来越少了。我希望能把读者拉回来读书。现在都是打字,字也写得越来越难认。我教翻译的时候,就让他们拿稿纸来,我一个一个写正体字,我说:'这是你们一辈子最后一次好好看中文长什么样子。'"

记者到高雄中山大学,先见了校长杨弘敦先生,言谈中得知学校尊余光中为"校宝"。第二天来到余光中先生的研究室,窗外是西子湾海景,美得让人心醉。记者的第一个问题和许倬云先生有关,余光中先生顿时兴奋起来了,脸上洋溢着笑意。

许倬云先生曾告诉记者:"光中的第一本诗集是我写的序。"而记者到高雄前,细读了傅孟丽写的《余光中传》,书中说:"为《舟子的悲歌》写第一篇书评的人是历史学家许倬云。他以'卓人'的笔名,写了

第四章 作家 活出矛盾

《〈舟子的悲歌〉读后》，盛赞这本诗集是'自由中国的幸运''是台大的光荣''是一本兼融旧诗与西洋诗的新诗集'。当时许倬云和於梨华同班（比余光中低一班），也热衷写诗，读了余光中的诗集，热情洋溢地为他写书评，发表在《公论报》上。对于写作生涯中这第一篇书评，余光中一直感念不忘。"大概从来没有人一上来就问这样一个疑问，余光中笑答："他大概记错了。我那本最早的诗集出来，他写了一篇小小的书评，大概1500字，登在报上。因为我们在台湾大学是同学。"

虽然见识了高雄迷人的海岸线，记者还是很好奇："您为什么选在高雄定居？这里可没什么文化人聚居。"余光中说："我在高雄住了24年，高雄气候比台北好，比较干爽，学校对我也很好，所以我就不走了。我早退休了，学校给我一个研究室，有专用的助理帮我处理稿件，有车库。现在交通方便，两岸也很自由，我去大陆也很方便。尤其三通之后，访问的人就多了，像杨澜、白岩松都来这里访问过我。"

余光中介绍现在的日常生活："我住在校外，每天开车来学校，写文章一般在家里。有一段时间，我看日剧韩剧，是消遣。我前段也看大陆的清宫戏，《雍正王朝》就拍得很好。历史剧虽然也不是历史，但还有一个格调，看起来不错。前年，上海电视台有个文化艺术频道，请了很多人去，焦晃陪我上台，罗大佑弹吉他唱《乡愁》。"

话题中偶尔也涉及台湾政治，余光中说："这个岛住久了也就众声喧哗，充耳不闻就是了。"又谈起一些人从文学投向政治，后来又离开政治，回归文坛。"说明文化比政治要持久吧。政治一般都是十年一变，文化是持久的。但是性急的人会投入政治，想赶快改造现实。"

日落之时，余光中开车送记者下山，沿着西子湾欣赏夕阳无限好，一路向记者问起许倬云等故交的近况，他们老朋友也好久没有见面了。临别时，余光中说要去车站接女儿回家过节，原来翌日便是端午节。

❝ 好诗要有点文化内涵

时代周报：我在南港看了胡适先生的故居。你和他的交往是因为翻译《中国新诗选》的缘故？

余光中：我把台湾的某些新诗翻译成英文，这本《中国新诗选》出版时，胡适先生出席了茶会，以新诗鼻祖身份发表谈话，大概十几分钟。罗家伦先生也参加了，我不记得他当时是什么身份，我们学生只记得他是五四时候的学生领袖。

时代周报：你2009年五四时在《联合报》发表的纪念文章，看法和一般人不大一样。纪念五四运动90周年，好像台湾比较安静，大陆却如火如荼。

余光中：台湾某些风气是相当封闭的，对于五四漠不关心，什么都无所谓。胡适在五四的主张，赛先生到处受欢迎，德先生不是真正受欢迎。台湾表面上很民主，但实质不是。

时代周报：大陆上曾经讨论"鲁迅还是胡适"这个论题，有学者就指出，20世纪是鲁迅的世纪，21世纪可能会是胡适的世纪。

余光中：20世纪在大陆或许是鲁迅的世纪，但台湾不是。虽然鲁迅的胆识、才学都很好。说到小说的艺术，我们认为张爱玲、钱钟书、沈从文都不见得比鲁迅差，学者夏志清便提出了这个问题。"鲁郭茅巴老曹"一说，台湾没那么定。张爱玲人缘并不好，她性格古怪，又没有在台湾住过，但是台湾很多作家都佩服她，受她影响。

时代周报：季羡林先生在《漫谈散文》一文中说，五四运动以来中国文坛上最成功的是白话散文。胡适先生提倡新诗，到现在九十余年了，你是重要的新诗人，觉得胡适对新诗的尝试，到现在成功了吗？

余光中：季先生的见解，我觉得也不完全如此。胡适一马当先，因为要提出白话文学，所以就回过头去整理中国文学史，想让白话起来担当重任，就一直追溯到宋的话本、旧小说，五六百年前的《水浒传》《西游记》。新诗在早年叫做白话诗，还是白话运动的一环。小说就不大一样，六百年前就有白话小说，五四的时候用白话来写小说，语言的跳跃不是那么大，诗变得比较多了。

梁启超是更早一点的启蒙大师，梁启超到了后来，变成文白交融的新文体，胡适完全变成了白话。到底"我手写我口"还是有点问题，并不是所有的社会阶层都能写的就是诗，好一点的诗，还是要有文化的内涵，或许更有文言基础在后面撑着。

时代周报：比如说呢？

余光中：我自己就是，我写诗歌、写散文，"白以为常，文以应变"。但是写到一个程度，我需要浓缩，需要组织，就用文言。我相信用纯白话可以写出好的语言，但是文白相济，文白交融，那个语境比较立体，更多弹性，更多变化。

❛ 散文里的大师是幻觉

时代周报：你如何理解白话散文与新诗的成就问题？

余光中：新诗平均的成就确实并不高，我最近的文章也有讲，拿新诗和水墨画的成就来对比。水墨画是从吴昌硕、齐白石到李可染，成就很大。新诗里面，好的和坏的落差很大。散文写的人很多，散文有些大师，其实是幻觉。像朱自清，大家都异口同声说他是散文大师，其实是没有深入地看那件事情，他并不是很努力经营这个文体，因为他的《荷塘月色》和《背影》在教科书里一直放着几十年，大家就觉得他是大师。民初的作家产量都很少，有的是因为寿命的关系，有的是因为时代动乱，有的是因为后来做学者了，追求别的东西。胡适一开始是学者，他不可能全副精力写新诗。

时代周报：我一直觉得跟台湾很有关系的散文家，你和陈之藩、王鼎钧三位的散文非常有特色。

余光中：陈之藩先生的散文不是要追求散文的艺术，而是用散文来表达他的思想，他有思想的高度，要言不烦。他的文字其实很平实，也颇清爽。

王鼎钧除了写人生百态，写自己的遭遇外，他的风格很老练，老吏断狱，简洁有力，对人情世故看得很通达。他的人，朴素刚毅。

时代周报：你的散文，文字上很精致，但思想上是不是多受西方思想的影响，与中国古典文学的养分形成互补？

余光中：对，因为我不是一个思想家，并没有一套文化的价值要推销、发扬。我的散文写我的生活经验、美感经验尤其多。我的评论文里面有很多比喻，有很多美文的成分，和一般的评论文不大一样。所以，评论和抒情散文之间有相当重叠的地方。我早期的散文美文多，后来的则是情趣比较多一点，比较放松一点。可是，我的中心思想是中文的承先启后，虽然对古典要回顾，但是也要把它往前推。我引外国作家的话也不少，英文的观念、说法也不少。所以调和古今，调和中西，也是我下笔的一个方向。

' 乡愁遮住了我整个人

时代周报：我在纽约和王鼎钧先生谈到一个"紧"的问题。我也觉得你有一些散文有点紧的感觉，太讲究结构文辞，谋篇布局，太完美了。

余光中：可是另外有一些人也认为我对结构照顾得还不够。我写得紧是一个反动，民国初年的散文不够紧，大白话。我中年的一些文章没那么紧。早年有实验性的文章，甚至非常感性，把散文诗化、电影化，像镜头一样。我另外一个和五四初期散文不同，就是提倡文章里面真的有思想，有观念，甚至有些妙趣。

时代周报：为什么"乡愁"成了你的一个符号？

余光中：早年来台湾的乡愁就是因为离开大陆，到了美国之后乡愁也包括台湾。1992年，北京社科院请我回去演讲，我写过一些回乡诗。回乡不是一往情深，要写一些现实，要有沧桑感。中国作家都有一点乡愁，不管是不是到海外去。20年后的上海就不是当年的上海了，20年后的湖南就不是以前的湖南了。时间变化，也会带来乡愁，乡愁也包括历史文化，也不仅仅是地理，并不完全取决于空间，还取决于时间。

时代周报：为什么《乡愁》会给大陆读者一个很深的观感？

余光中：因为《乡愁》那首诗很简单明了，看完就会背。大半人也不会去追踪我的其他诗，所以《乡愁》就等于我的一张名片，它垄断我的观感。这张名片大得把我整个人都遮住了。其实我的作品把乡愁拿掉，还很多彩，只不过大家都已经有这个观感了。比如说，我去大陆演讲，说"今天不讲乡愁了"，大家好像很失望，当然这个印象已经造成了。可是真正的评论家，读过我很多作品的人大概不会这样看我。

（原载《时代周报》2010年1月11日第60期）

芦苇：
《白鹿原》背后的推手

文 / 张润芝

芦苇

68岁的"中国第一编剧"芦苇还没有退休，仍旧保持着平均一年一部电影剧本的产量，2017年以来甚至写得更多。"我用看电影的方式阅读历史"是芦苇对自己创作方式的一个概括。正是这种对待历史的"看电影的方式"，使得芦苇编剧的影片具备恢宏的历史意识和史诗品质。

第四章　作家　活出矛盾

编者按

芦苇有"中国第一编剧"之称：《霸王别姬》《活着》《秦颂》《双旗镇刀客》《红樱桃》《狼图腾》《图雅的婚事》《白鹿原》——悉数出自芦苇之手。在《电影编剧的秘密》中，芦苇直批第五代导演不会讲故事，但他更感慨的是，如果不是赶上1970年代末到1990年代初的文化探索时期，自己可能根本不会来当编剧。在编剧圈子里，芦苇大概是最敢讲的一个，他批评陈凯歌的《无极》"没有类型意识，相当混乱"，张艺谋在《英雄》之后"价值观就出了问题"，王全安拍成的《白鹿原》已经跟自己"没什么直接来联系"……导演陆川惊呼，芦苇简直不想"在这个圈子里混了"。但这就是芦苇，一年出一个剧本，朋友称他"不为钱所动"，他纠正说，"我也没那么高尚"，"创作的时候，钱不是第一目标。自己有冲动没冲动，这个是最重要的"。

电影《白鹿原》从柏林回来，捧得的是一尊摄影奖，也许让中国影迷稍有失望。这部电影从去年开始，陆续放出作家观影报告、剧照、送审进展的消息，却迟迟没有揭开真面目给国内观众一看。对影迷来说，《白鹿原》也许是热门话题，对芦苇来说，却是十几年都没有放下的任务。他受邀成为剧本编剧，带着项目到处游说，推荐了王全安担任导演，为了剧本七易其稿。他是《白鹿原》背后不能被忘记的人。

1993年，长篇小说《白鹿原》问世，评论界和读者都给了热烈的反馈，境况是名副其实的"洛阳纸贵"，一度传说在西安被交警拦下只要拿出一本《白鹿原》即可放行。早在小说风靡的上世纪90年代，当时身为西安电影制片厂厂长的吴天明就准备把这部小说拍成电影，请来了同在西影厂的编剧芦苇，《白鹿原》的原作者陈忠实也找过芦苇。

芦苇生于北京，却一直觉得自己是陕西人，接到拍《白鹿原》的任务，他说"意义重大"："我们都是陕西人，对乡土都有自己的情感，提到这个题材陕西人都会热血沸腾。"

芦苇接下了《白鹿原》编剧的任务，这部电影却命途多舛，很长一段时间里，《白鹿原》这个题材无法立项，是不被许可操作的。吴天明没有折腾出《白鹿原》，对小说有深厚情感的芦苇带着这个题材在电影圈里到处游说，希望有人能把电影拍出来。芦苇找过陈凯歌，专门请他到西安电影制片厂去过一次，陈凯歌当时正在做别的片子，时间无法协调。芦苇也找过张艺谋，一开始张艺谋说考虑考虑，随后张艺谋接下了奥运会总导演的任务。2004年芦苇看到了王全安的《惊蛰》，这个农村姑娘进城再回到农村的故事打动了芦苇："王全安把农民的质感拍得很好。"于是芦苇推荐了当时还算年轻导演的王全安来执掌《白鹿原》，给他找了后期制作资金，"希望他能够把《白鹿原》的大梁挑起来"。

推荐了王全安，这部电影依然无法顺利启动。2005年，因为资金无法完全到位，《白鹿原》不能立项，组建好的《白鹿原》班底只好做了《图雅的婚事》，芦苇是编剧和策划，王全安是导演。

无心插柳，《图雅的婚事》意外成了王全安真正意义上的成名作，直接冲到柏林拿下金熊奖。这部电影的成功也被外界视为王全安顺利开拍《白鹿原》的有力帮助。在芦苇看来，当时的王全安是中国电影环境下"独树一帜"的人，《图雅的婚事》胜在"价值上的坚守"。

2005年年初《白鹿原》的剧本终于获得通过并立项，开拍时间尚无定期，据媒体报道是："因剧本改编和投资方产生分歧而搁浅，最大的问题还是剧本不能令导演满意。"其间又说有投资纠纷。如此直到2010年，《白鹿原》终于开机，据称投资超过1亿元人民币。

❝ 坚持用七个主要角色

时代周报：你对《白鹿原》原著小说的评价如何？

芦苇：小说本身在目前中国小说里是很有水准的，最关键是题材很棒，写的是乡土历史，揭示了农民的生存真相，我觉得题材非常好。我们知道中国其实是一个农耕文化的社会，这个社会是在农耕基础上建立起来的，中国历史其实说穿了是乡土历史。这个题材本身真正接触到了中国乡土和土地的真相。中国小说里，很多作家都放弃了乡土这个题材，这个小说显得格外珍贵了，它是面对中国历史真相的。如果说小说可以和民族文化血脉相连的话，《白鹿原》就是这样一部小说。尤其是当下，我们跟自己的传统文化割裂开来了，它才格外重要。

我自己当过农民，我其实是在《白鹿原》的环境下生存过的人。我在农村里待了四年，我对那块土地和那些人是有情感的。

时代周报：你剧本写了七稿，觉得最大的难度在哪里？

芦苇：怎么样去保卫住小说的精华，同时又是一个好看的电影，这是要经过一个有难度的二度创作的。二度创作最关键的就是必须要找到作品的灵魂，以及你赋予它的灵魂。

时代周报：一直都说这个题材敏感？

芦苇：不是敏感不敏感，看你用什么角度来叙述这个故事，这个非常重要。这里面要经过多少次的反复比较、权衡、判断、取舍，你才能找出一条符合戏剧法则的方法，要做大量的二度创作。我是始终坚持灵魂人物是白嘉轩，我们用戏剧角度讲他是灵魂人物也是贯穿人物，他是一个主线，一切叙述要根据主线来锁定、开展。

时代周报：你的剧本最终只敲定了七个主要人物？

芦苇：我写完剧本以后反复推敲，一个电影最大的主角不能超过七个，这是电影界的一个经过实践证明的可靠比例。如果一部电影拍一百个主要人物，观众一个也记不住。观众能记住的、能有效发挥戏剧作用的人物，不要超过七个。里程碑式的电影《七武士》，为什么不写十武士？《金陵十三钗》，观众就记不住，你能记住13个吗？肯定不能。这里面有一个规律，有电影媒体和受众的关系问题。《白鹿原》我坚持用七个，用别的，笔墨就跑一边去了。

时代周报：听说你写完《白鹿原》还写了一部《农民日记》？

芦苇：名字也叫《岁月如织》，这个剧本写完了。其实我是写完《白鹿原》觉得不过瘾，又写了一部。我一直在强调作为一个农耕文化的传承，农民在文艺作品里是缺席的，在电影里也是一样。所以我特别想写像《白鹿原》这样的东西。《白鹿原》写到1949年就结束了，我干脆把以后也写了去，我从1948年开始写，一直写到1998年，写了50年。

这两部电影讲的都是中国农民的命运的主题。如果两个电影都能拍，我觉得中国电影对于农耕文化是有交代的，无愧于养活我们的农民。

中国现当代文学不是没有精品

时代周报：你（上世纪）80年代就开始看纳博科夫？

芦苇："文革"如火如荼的时候，我读的是契诃夫、托尔斯泰、屠格涅夫，很另类。80年代以后我读纳博科夫、巴比尔，我是一个小说发烧友，文学超级发烧友，特别喜欢读小说。我看完《静静的顿河》才15岁。

时代周报：好像你喜欢的电影、小说，都是偏西方的？

芦苇：现代小说对我有影响的主要来自西方，包括文体、叙述方式、语法。我们五四以后的东西都是受西方的影响，例如钱钟书的《围城》，但讲的是中国故事。中国的小说也很棒也很好，但它是另外一种。

时代周报：一种声音是，中国现当代的文学没有太多有价值的东西。

芦苇：中国的现当代文学不是没有精品，我们在一个价值观混乱的时代，大多数读者无从判断。

我给大家推荐一本书，有时间不妨看一下。河南有个作家叫周同宾，他有一本书叫《皇天后土——俺是农民》，写的真是好，确实是有大师气象。他的书写得很棒。类似的书其实很多，包括有些杂志、刊物上的，比如《天涯》，有些短篇小说真是好。湖南有一个作家也很棒，韩少功。韩少功的书将来在中国文学史上一定有他的位置，只不过我们当代人对他的认识不够。

时代周报：音乐、画画这些爱好，是否也和编剧的工作有关？

芦苇：这些对我来说是必不可少的，在写剧本时其实已经把很多对音乐、画面的设计都写进去了。比如在写《图雅的婚事》的时候，我经常会想，这个地方应该用蒙古的长调；写《霸王别姬》的时候经常会想这一段应该用昆曲。《霸王别姬》里有一段孩子大雪纷飞的时候在坝上练唱，这是一种情绪，在剧作里必须有这种设计。

❛ 《霸王别姬》非常不忠于原著

时代周报：好像你一直对小说改编剧本很有兴趣？觉得什么样的小说适合改

编剧本？

芦苇：我是个职业电影编剧，拍什么我就得写什么。事实上，任何小说都可以改编成电影，只不过有的小说改编起来比较容易，有的小说的难度大。

时代周报：不过很多小说改编剧本，大家都会关心是否忠于原著？

芦苇：我举个例子，《霸王别姬》非常不忠于原著，但它是一部好电影。《霸王别姬》电影跟小说内容很不一样，我们只是利用了小说基本的人物关系，实际上内容基本颠覆了，后半截到香港的内容都不要了。香港还拍过《霸王别姬》的电视剧，完全根据原著，段小楼和程蝶衣在香港见面，我是看电视的时候无意看到的。当时还在写这个剧本，我的感觉就是坚决不做这个路子。忠于不忠于原著并不重要，重要的是，要么你从原著里汲取精神力量，要么你赋予作品精神力量，或者你把两者结合起来。但是你必须要有精神追求和目标。

时代周报：最近几年经典名著改编影视剧的例子也很多。

芦苇：很多经典名著改成电影的难度比较大，最关键的一个问题是你要问自己有没有这个能力，第二个就是你愿不愿意。如果你觉得小说本身极其完整的话，我们是否还有必要做这个事情。

时代周报：你觉得导演和编剧的关系应该怎样的？

芦苇：是一个搭档、组合的关系。为什么球赛总有一个最佳组合阵容，就是这么个关系。导演干涉剧情是能力问题，张艺谋坦诚地说自己不是一个好编剧，有勇气承认这一点，这就是他木秀于林的原因。

时代周报：传闻说陈凯歌就会喜欢参与剧情？

芦苇：凯歌的问题我不便评论，但有一个事实不知道搞电影研究的注意过没有。他最棒的两部电影就是《黄土地》和《霸王别姬》，他自己都不是编剧。剩下的他都是编剧，包括《赵氏孤儿》，把现象放在这儿，让大家去思考一些问题。

时代周报：会讲故事和情怀，哪个对于电影更重要？

芦苇：有情怀和会讲情怀是两回事。情怀我们无从判断，我们只能从你的故事来看你的情怀，讲故事的能力是重中之重。

时代周报：你好像比较推崇麦基的剧作理论，但是有人会怀疑强调理论和技巧是否会让作品匠气太重？

芦苇：麦基、菲尔德，这两位的电影剧作理论我非常推崇，他们是编剧的师爷。艺术不要技巧这是外行人说的话，有匠气的人恰恰证明他不太懂技巧。匠气不就是一种依葫芦画瓢的匠人之作嘛，这种人会有什么才华呢？

文化界充斥着混乱的价值观

时代周报：去年底的《金陵十三钗》，褒贬不一，也有小说改编电影的问题，有人认为加入了不恰当的恋情。

芦苇：这部电影从制作上来说，媒体的评价都认为是中国近十年来最好的电影。我看完了之后我认为媒体的评价基本上是公正的，尽管它有那么多的问题。最大的问题是，手伸得太长了，什么都想要，但是到最后得到的东西反而并不明确，并不单纯，从而也削减了它的力量。关键不是加入恋情，而是它的叙述没有紧紧扣着灵魂走，比较松散。这是一个值得总结、研究的问题。电影在制作上非常完美。演员、制作、摄影都很好，唯独影片整体的掌控、取舍是有问题的。

时代周报：你提到了"什么都想要"，好像评价《赤壁》的时候你也用了这种形容？

芦苇：《赤壁》最大的问题，根本的问题是在确定主题上。我跟导演讨论过，他说他在《赤壁》里要宣扬和平。我告诉他赤壁这个故事里什么都有唯独没有和平，如果要宣扬和平的话大可以拍另外一个故事。这是生死存亡的故事，讲和平是选错题材了。

时代周报：中国式大片都没有真正成功的，导演是否都是"手伸得太长"？

芦苇：中国电影最缺的是文化品质和精神指向，这并不是电影的问题。整个中国文化界都充斥着价值观的混乱。反观《图雅的婚事》，虽然是部小电影，但是有非常清晰的价值指向，它支持人性，支持人性的困境和人性的高贵。

但这并不是电影的问题，方方面面都是这个问题。中国很多问题都可以归结为价值观混乱，价值观实际上是电影的指向，一定会引导电影的品质。

比如《英雄》，制作没有问题，表演没有问题，演员没有问题，摄影没有问题，一切都很棒，唯独在价值观上面它完全是错误的价值观，是混乱的价值观。本来这个影片可以做成中国大片的经典，但你把做成大片的根基抽掉了，那只能看感官刺激、视觉冲击了。

时代周报：有人会觉得你应该有更多名望、更多成就，但是你远离名利，作品经常不能立项，好像很可惜？

芦苇：这就是干我们这一行的命运，做这一行有环境和条件的运气。不过有时候看到自己写过的剧本，这么多，真是觉得，涓涓血汗等闲流。

时代周报：你有很多部剧本一直没能拍出来，有没有把剧本出版的计划？

芦苇：有出版社来找我，很热心地想出版，到底怎么出版还没说具体，有的说光出一本《霸王别姬》的剧本和创作经过。还有说出剧本选。到底哪个好我还没抽出专门的时间来。以前的剧本还要挑选一下,觉得有价值的就给大家看一看,主要是供同行和学习编剧的人来看。

(原载《时代周报》2012年3月8日第171期)

莫言：
作家不可以为奖项而写作

文 / 李怀宇

莫言

即便没有荣获诺贝尔文学奖，莫言也毫无疑问是当代以及整部中国文学史绕不开的人物。接触过莫言的人都知道，他是一个沉默寡言的人，但是他的小说有一种神奇的油画般色彩。莫言虽然深受魔幻现实主义的影响，但他注重中国特色和文化内涵，最终发展出了自己的文风。

第四章 作家 活出矛盾

编者按

2012年，莫言获得诺贝尔文学奖。获奖后，莫言开始了自己的演讲生涯，大多谨慎地紧紧围绕文学主题，回忆故乡高密、童年生活以及创作历程。有意思的是，莫言经常质疑和反思自己说话过多，常表态"想躲起来写作品""不做乱七八糟的事情""不要像政治家一样做演讲"。正因为不断地说与被说，喜欢莫言的人对他有了更多的期待，而不喜欢莫言的人，则更关注他以只言片语引发的舆论哗然。莫言一次次地陷入教育、时事批评等诸多社会议题：缩短教育年限、取消小升初考试和中考、职业教育分流等等。这大概是公众对"鲁迅传统"的期待，希望作家能承担起"改良社会的责任"。对此，莫言曾公开回应："获得诺贝尔奖是否要承担社会责任？我没有改变公民身份，我的奖金也不是纳税人给的，不去做（承担社会责任）也不是不讲道理。但我讨厌对着摄像机把钱塞进捐款箱，讨厌拉帮结派、党同伐异。"

2004年6月中，莫言有广州之行。记者意外得到消息时，也得到了莫言的手机号码，随即打过去，莫言爽快地说："我现在就在南方书城，你可以马上过来聊天。"约半小时后，记者见到莫言。南方书城办了一个读者见面会，场面并不热闹，来的记者更是寥寥。活动结束后，记者和莫言就坐在南方书城靠窗的一角聊天，刚谈了几句，记者就发现，他虽笔名为

"莫言",实则出口成章,真不愧是"千言万语,何若莫言"。

近一个下午的时间,只要稍微提起话头,莫言便能说出一番让人舒服的话。

提到学者气与文人气的问题,莫言说:"我没有学问,所以没有学者气,我始终没有把写小说当成什么了不起的事情。我是一个农民,现在依然把自己跟农民认同,所以就没有文人气了。所以,我还是认为人应该有一种清醒的自我意识,不仅仅在意识上当作是老百姓的一分子,而且从所有的方面感觉到其实我就是老百姓的一分子。一旦想到我是一个作家,我是一个知识分子,我要为人民说话,我要替民族分忧,这一下子把自己架空了,自己把自己摆在一个并不恰当的位置,比较难以让人接受,令人厌恶。"

当天晚上,南方书城设宴客村某潮州酒楼,记者也受邀敬陪末座。记忆所及,偌大一个包间,同席只有四五人。莫言对潮州菜充满好奇,恰巧记者是潮汕人,每上一道菜,莫言便问起菜品特点。

秋刀鱼饭是一道平常的潮州菜,莫言尝后,连说:"秋刀鱼之味,秋刀鱼之味。"莫言少时家贫,总吃不饱,食量又奇大。"越饿越馋,越馋越饿,最后分不清是饿还是馋。"他甚至吃过煤,而且觉得特别好吃,这让记者大吃一惊。后来,莫言把吃煤的故事写进了长篇小说《蛙》的第一章。

一席谈中,莫言十分随和。问起记者生涯的趣事,他很认真地说:"我也是《检察日报》的记者,有正规的记者证。记者所见所闻的故事,往往可以成为小说的素材。"记者便笑道:"金庸也是记者。"谈到当下一些离奇古怪之事,莫言的谈锋偶露峥嵘,但保有分寸,批评时事也显得相当谨慎。"在日常生活中,我可以是孙子,是懦夫,是可怜虫,但在写小说时,我是贼胆包天、色胆包天、狗胆包天。"也许是肺腑之言。

2010年1月,莫言再到广州。南方书城早已关闭,这次的记者招待会设在广州购书中心,记者受邀参加。稠人广坐,无缘深谈,只获赠莫言签名的新著《蛙》。(注:以下访谈,均根据2004年采访底稿整理而成。)

第四章　作家　活出矛盾

> ## 文学奖项是给作家的一个警惕

时代周报：大江健三郎曾公开表示对你惺惺相惜，认为你很有希望获得诺贝尔文学奖。你如何看待作家与文学奖的关系？

莫言：从学养、阅历和成就方面，我无论如何没办法和大江健三郎相比。我们有私人的交往，有些友谊，他对亚洲文学有殷切的希望，他希望有一种亚洲文学的出现。他对中国还有非常深厚的感情，对我也有扶持晚辈的意思。对写作者来说，文学的奖项是一个副产品。

一个人在写作，肯定不可以为奖项来写作，只能说是我写出的作品被这个奖项所青睐、所看中，有时候考虑得奖，反而得不了，对待奖项还是这种态度比较好——它是写作出现后的偶然性现象。

当然，得奖对作家有一定的好处，可以提高作家的知名度，在那一瞬间满足作家的虚荣心、自信心，也可以给作家带来一些奖金。我觉得文学奖尤其是给作家一个警惕：这个奖项在某种意义上就是终身成就大奖，几乎是对这个作家宣布创作的终结，要产生巨大的警觉。尽管我得到某奖项，但我应该立刻把它忘掉，重新开始。

我记得在一份报纸看到一个可爱的年轻作家说：莫言已经得了某个奖项，他可以休息了。我觉得过去的莫言可以休息了，得奖的莫言还要更加奋斗，不应该让奖项变成阻挡自己前进的包袱。

时代周报：有人认为你的小说有魔幻现实主义的色彩，让人联想到马尔克斯的风格。你的作品不停地对传统写法进行挑战，也借鉴了不少西方的技法？

莫言：西方技法对我是一种刺激，激活我的记忆力，增长我的信心，你胆大，我比你还胆大。我西方小说看得不多，一个作家看另一个作家的作品，从技巧上来说，确实也是有一种窥一斑而知全豹的现象。就好像《百年孤独》，我至今没有完全看完，但是我很清楚马尔克斯的语感，虽然是翻译家翻译过来的，但相信还是转达了原文的风韵。

马尔克斯为我们树立了一个标杆，也设置了一个陷阱。标杆就是他已经达到了这种高度，陷阱就是你往他靠近，你就会掉下去淹没了，可能就有灭顶之灾。

一个作家，只有在个性化的道路上探索了很长的时间，取得了一种高度的自信——自以为像一个武林高手练成了什么神功，可以跟这种功力对抗的时候——才可以面对面地写作。我的下一步，就是想跟马尔克斯面对面地写一篇试一下，看是打个平手还是一败涂地。

时代周报：你的作品与张艺谋的电影联姻后，在银幕上展现了另一种气象。张艺谋后来的电影似乎越来越向商业化妥协，而你的写作依然保持自己的锐气，你认为这是作家与电影工作者的不同吗？

莫言：我曾经和张艺谋探讨过这个问题。有一年和大江健三郎聊，把张艺谋也拉过来座谈，谈到他对小说改编得很不好，是有意识的倒退。张艺谋说：我们电影导演和你们最大的区别在于，你觉得不好可以撕掉，可以重写，把过去的劳动推翻了，但是，作为导演，电影一开机，明知道不好也要打肿脸充胖子，不能拍了一半说：不好，不拍了。

有时候，导演涉及很多经济利益的问题，这是一个群体的关系，而不是个人的。所以，我想张艺谋向商业化的妥协，他的某些看起来缺乏锐气的精神，也是由客观原因造成的。当然，一个作家不跟媒体妥协也是他个人的事。

我想我是一个比较随和的人，但一个不可动摇的基本原则就是：在写小说当中，谁也不可以改变我，我绝不会考虑什么影视问题，你愿意改就改，不愿意就算，我不会为了改编方便，就有意识地减少、降低小说的难度，有意识地给你提供方便，设置一些戏剧化、脸谱化的人物。小说出来后，为配合出版社的营销活动，能够参加的参加，包括接受媒体的采访、在大学开讲座。这安慰我的一个理由是：学生还是愿意见到我的。有时候这也是一种妥协，当自己的小说变成商品推向社会，我可以和媒体妥协，但写作过程中涉及根本原则的时候，是不可以妥协的。

❞ "乡土作家"不是贬义词

时代周报：你的故乡山东高密是你写作的源泉。有人说，莫言的作品以写农村题材居多，没有学者气、文人气，因此至今还是一个"乡土作家"，无法进入更高的层面。你是怎么看的？

莫言：关于故乡的这个概念，包含非常丰富的内容。对一个离开了故乡二十多年的作家，故乡是我的精神归宿和依存，对故乡的想象是不断完善扩充、不断回忆往事，对故乡的回忆也是想象、创造故乡的过程。

任何一个作家的童年记忆，对他的创造都始终产生举足轻重的作用。人在不断比较，碰到新的事物时，总要拿些自己经历的旧事物比较，比较可能调动童年时期对某种事物的看法。至于人跟自然的关系、善恶的道德观念，实际上在20岁之前就已经形成了——后来肯定有调整，但这种调整更多是在理性的层面上，在感情上实际是很难拔掉的。

"乡土作家"对我来说，不是贬义词，就像贾平凹说"我是农民"一样，说我依然在乡土的层面上写作，也不是一件坏事。所谓的乡土不是狭隘的乡村，每一个作家的乡土就是他所寄身于其中的地方。对王安忆来说，乡土是上海；对贾平凹来说，乡土是商州。实际上，每个作家都是"乡土作家"。每个作家都有局限性，不可能包罗万象，不可能每样事情都写得很地道，这是受个人经历局限的，但是，这种局限可以通过技术性的手段来修正一部分。实际上，别人对我的评价是有很多意象化的：我的《酒国》《十三步》是写城市的，其实我写城市、乡村各占一半，为什么所有的人都认为我只能写农村呢？

沈从文、茅盾无不以故乡为依存。这些地区的小文人、小知识分子，突然进入城市，像沈从文刚到北京的时候也是极其凄惨的，刚开始的题材也不都是写湘西，有可能是时髦的题材，但是他感到这些对他不利。在艰苦的情况下要在北京生存，要走出来跻身于文明人的行列，拿什么作敲门砖？只有回到故乡，从记忆里挖掘宝藏。带有鲜明的地域色彩和人生的感知，才是非常原创的东西，一拿出来大家非常惊愕，觉得与其他的作品完全不同，所以他就成功了，再然后沿着这条路写一批湘西的东西。

其实我觉得沈从文的创作生涯是很短暂的，假如他一直写湘西，其实是不行的，他要发生改变。他的有些作品如《八骏图》等，根本无法跟《边城》等相比，没有多少真情实感在里面。他写湘西是一种炫耀：我就是让你们知道一下老子在这个地方是这样的，你们这些北京人、上海人不要跟我吹牛皮，没什么好吹的，你们神气什么呀，老子15岁就杀人去了。我刚开始写的时候，也有炫耀心理，有一种任性、不服气：你们有什么了不起的？你们的东西我认为不好，我把我家乡的抖给你们看，你们所谓的英雄才子佳人，我们都有，而且比你们的精彩，跟你们的不一样。

时代周报：你如何思考作家风格的定型化？

莫言：我特别害怕成熟，我拒绝成熟。一旦成熟，就很难改变，成熟了再刻意变化是要冒风险的。我可以四平八稳地写，不让读者失望，写得和前一部作品的故事情节完全不同，但是其他方面没有多大区别，是平面推进的作品，这种风险很小。

但是如果要探索、创新，就很有可能失败，因为探索创新是对既有审美标准的破坏，很有可能伤很多人的心。那么，许多作家包括有经验的读者，心里其实都有一种好小说的配方，都知道以什么方式来描写或者推进。我的创作也出现过这种现象，《红高粱》后，我完全可以沿着这个路线写第二部、第三部，写了父亲再写我。本来我也是这样想好的，但是我觉得这样写就没有什么意思了，没有再推进的必要了。下一部，就要跟以前所有的作品区别开来。通过《檀香刑》的写作,没有人再说我一定在马尔克斯的写作道路上走了,我们断绝了关系,我离开他很远了。

❛ 写作不是变成人民代言人

时代周报: 在不断的写作冒险中,你怎么给自己定位?

莫言: 我有一个基本原则,我对自己的定位是发自内心的,不是哗众取宠。我个人认为,写作这个职业没有什么特别了不起的,你本来就是一个老百姓,写作也是一个老百姓正常的活动,并不是要居高临下、振臂一呼为老百姓争公道、争正义的,也不是要变成人民代言人的。

要写你内心的话、自己的感受,如果写内心的感受恰好和许多人的个人内心感受是合拍的,那自然就有代表性,获得普遍性。总而言之,我认为个人的定位是来不得半点虚伪的,真话假话在一个人的日常生活中表露无遗。有些人,尽管称自己人民作家,但是如果没有住到四五星级的酒店,马上就骂接待方——那不是把所谓的定位给粉碎了吗?

时代周报: 你认为一个作家在成名以后,写作的不可预期性会不会让人更为期待?

莫言: 年轻作家的写作让大家充满期待是有可能的,但对于一个像我这样写了二十多年的作家,我感觉到的是一种压力。我的下一部作品无论如何一定要精雕细琢,一定要写得自己感觉有创意才能拿出来。其实压力也是一件好事,防止我粗制滥造,量的积累已没有什么意义,重要的是质的突破。

时代周报: 在写作中追求质的突破,你如何保持朝气蓬勃?

莫言: 如果我没有努力使自己年轻的想法,可能会老得更快,变成一个真正的老人。我想，作品保持青春气息与一个作家保持青春不是一回事。有什么理由和措施，能让我的作品保持青春气息？不是写小孩的事，不是写年轻人的恋爱、年轻人的活动，关键是在小说的原创性上能不能保持当年的那种朝气蓬勃——不单跟别人不一样，也跟自己过去的不一样。如果我能够做到这一点，文学的生命就依然青春、依然少年；如果做不到这一点，哪怕在30岁的时候不断重复，那其实这个作家的文学生命已经衰老掉了，可以休止了。

我之所以敢这么说，是因为起码我还有可以写几部小说的材料，而故事是没有被前人利用过的，也想好了一些和过去不一样的写法。下面一两部的作品，会有新鲜感。我觉得应该向今天的年轻作家学习，这不是口头上的，而是来自内心深处。认真地读他们的书，从他们的小说里面感受一种新时代的语言方面的新气象，从中也可以了解到年轻人的感触，这些东西可以使一部小说有一种青春的参照。

少年作家的"游戏性"

时代周报：现在涌现了一批写法新潮的少年作家，你是如何看这种现象的？

莫言：我看过少年作家的作品，我当然知道他们的软肋在什么地方，但我也确实感觉到他们有许多我难以企及的地方，我觉得最重要的一点是这批孩子的想象所依赖的素材不一样。

我们的想象是建立在实物的基础上，比如我要借助高粱、玉米、马牛羊等可以触摸的物质性的东西，这帮孩子已经是凭借什么动画片、西方电影、电脑游戏了，他们可以把别人的思想产物作为自己的思维材料，作为半虚拟的幻想世界。

现在也应该改变对写作这个行当的认识了，过去对写作的认识是你一旦走上写作之路就命定要写下去，不然人家就说你江郎才尽。但是这帮孩子是带有游戏性，他们的写作完全出于一种爱好，就是写一篇小说玩玩，写完了，证明了，就

第四章 作家 活出矛盾

不写了，就可能去搞其他的了。他们从一开始就没有强烈的事业感，没有把写作当事业，没有太大压力。现在看有很多人担忧：这些孩子写完一部，下一部怎样呢？他们生活太匮乏了，经验也没有积累。我觉得这种想法是不对的。一个年轻作家的第一部是游戏之作，第二部是游戏之作，第三部就有可能不游戏了，所以写作的过程本身也是一个成长的过程。

眼下，大众化的写作已经成为一种可能，网络的出现使文学的门槛降低了，鼓励更多的人写作，通过写作来提高素养是有积极意义的。我在深圳看到一部车，车后面写着：写天下文章，做少年君子。对孩子来说，写作还是很好，能发表更好，不发表没所谓，就当是一种素质教育吧。

那些年轻作家没有把文学想得那么庄严，这是一件好事。一旦一个人把文学想象得超越了文学本身那么伟大，那多半写不出好作品。如果所有的中国作家都咬牙切齿地说：我要写一部伟大的作品，这就是一场社会性的灾难。但最可怕的，还是一个作家写了一部平庸的作品，就以为自己写了一部经典作品。所以，有时候，经典作品是在不经意的情况下成为经典的。

（原载《时代周报》2012年10月19日第203期）

何伟：
寻找民间经济里的微观中国

文 / 赵妍 吕一

何伟

从《江城》《甲骨文》到《寻路中国》，精通汉语的美国记者何伟似乎有一种本能的平民取向，在他的中国故事里，从来没有出现过什么名人。正是何伟对普通人生活细节的捕捉，构成了他作品里最具力量的部分。

第四章 作家 活出矛盾

编者按

2014年,为了推广中文版新书《奇石》,何伟从埃及回美国,途中经停中国。《奇石》混搭了何伟在中国、日本、美国、埃及的各种见闻,至此,他的纪实作品在《江城》《甲骨文》《寻路中国》之外,又增添了一本。2011年,何伟的《寻路中国》中文版出版后,他和妻子迁居埃及。同一年的9月,何伟因长期报道改革中的中国,获得麦克阿瑟天才奖,获奖金50万美元。此后的三年里,他在中国声名鹊起,拥有一大批忠实的年轻读者——尽管他所有的作品都用英文创作,目标读者是美国人。何伟说,他离开中国是为了"保持观点",记者需要不时变换视角,在一个地方待得太久、太舒服,会失去新鲜感,"人生能够总是在路上是一种幸运,它带给我更多的机遇,也丰富了我的人生"。

2001年夏,已经在中国居住了五年的《纽约客》驻北京记者何伟(彼得·海斯勒),申领了中国驾照,带着一本《中国汽车司机地图册》,他踏上了驾车漫游中国大陆的旅程。

13年过去了,何伟已于2011年离开中国,去了埃及。但他在中国的十余年观察所撰写的"中国三部曲"却留了下来,其中尤以通过中国民间微观形态探讨中国经济的《寻路中国》最广为人知。并且在最近,何伟还出版了被视作《寻路中国》续篇的新书《奇石》。

在上海译文出版社的社长办公室,他对《时代周报》记者回忆着这段旅程，他当时的目的就是为了探讨中国经济，追踪发展的源头，探究个人对变革的应对。

何伟的"中国三部曲"研究中国的核心议题，但并不通过解读著名的政治或文化人物来实现这个目的，也不做宏观的大而无当的分析。何伟相信，通过叙述普通中国人的经历，可以展现变革中国的实质。

"我经常在一地连续待上数月、甚至数年，跟踪变化。我不会仅仅听主人公自己讲述，我会睁大眼睛，看着他们的故事在我面前一点点展开。""中国三部曲"横跨了他在中国的1996—2007年。

在何伟眼里，他书写的中国十年，这十年是中国历史上最关键的时期之一。正是在这十年中，中国经济实现了腾飞，中国对外部世界的影响力开始增大。更重要的是，这是邓小平去世后的第一个十年。在这十年中，中国历史的面貌开始变化。普通人成了中国巨变的推动者——走向城市的农民、边学边干的企业家，他们的能量与决心是过去这十年中的决定因素。

从《江城》到《甲骨文》再到《寻路中国》，何伟所讲述的，就是这些中国巨变推动者的故事。

' 中国特色高速公路区域经济

时代周报：你在《寻路中国》里大概有一半在写中国的工厂。当时你选择了浙江丽水为驻地，并且走访了周边的温州、金华等地。你在那个区域大概待了多久？

何伟：第一次去温州，是因为我有个学生在那附近当老师，可能是2001年左右。我大概是2005年开始琢磨《寻路中国》，一直到2007年，2008年我又回去看了一次。前后两年多，每个月我都要在丽水待一段时间。可能不是每个月，可能是每六个星期要去待五六天。我住在北京，每次都坐飞机去温州，然后租车去丽

第四章 作家 活出矛盾

水,看工厂和其他一些东西。我也看了附近很多有意思的小城市,比如桥头,他们是做扣子的,还有做扑克牌的武义。

时代周报:为什么选择这个区域作为观察记录的对象?

何伟:那时《国家地理》杂志问我,可不可以写一篇关于中国经济发展的文章。所以我在想,不要写太抽象的东西,要写详细的、有意思的故事。什么地方的经济比较有活力?那当然是温州,而且温州当时开了条新的高速公路"金丽温",我想可能旁边也有些有意思的地方,任何一个小地方只要靠近高速公路都会有变化。

因为在那边要待一两年,所以我觉得如果选一个发展快的地方,可以看得出变化,比较好讲故事。如果一个地方没什么变化可能就没有太大意思了。在温州这样的地方,一年时间就可以看得出变化。

时代周报:你对丽水的兴趣似乎大于对温州的兴趣?

何伟:对,因为温州已经太发达了,丽水在那时还算偏僻。温州毕竟太大了,如果我要采访什么人,还是选一个小一点的地方,在丽水我要采访一些干部、工厂老板还是比较简单的。如果你要写一本关于上海的书,一定比写一本关于涪陵的书要难。因为地方大了,你很难了解它,这就是我喜欢小地方的原因。还有一个原因是我喜欢丽水,那儿的条件还可以,温州太吵了太麻烦,丽水比较舒服。如果要在一个地方待两年,我应该选一个喜欢的地方。不能太大,去采访的路上不能堵车。

第一次,我在温州开车,去了好多靠近公路的地方,采访了一些人。比如有个地方叫青田,在温州北面,那个地方好多人在欧洲尤其是意大利打工。但这个地方对我来说不合适,因为我不写中国人在外的故事。到了丽水,我发现他们要盖一个新的开发区,所以第一次去,我选了丽水这个地方;第二次去,我采访了丽水好多人,因为我当时不知道我的重点是什么,不知道我要写什么人物。我采访了好多建筑工人,然后选几个看看两年的时间会有什么变化。还采访了一些官员、老板,偶然碰到书里那两个工厂老板,我觉得他们比较合适。之后去我就直接去工厂。

❝ Made in China对很多人都是机会

时代周报:你太太也写过工厂的故事《打工女孩》,我相信你们对中国的工厂一定有非常深刻的想法。

何伟:嗯,我们要我们的孩子以后也到那里工作,我们不要她们上初中,因为学费太贵了(开玩笑)。的确,我在丽水的时候我太太在广东,我们经常会一起聊。

时代周报:在你看来,什么是中国制造的真相?

何伟:其实我看到的只是工厂里面的人,而不是抽象的中国工人。Made in China对很多人来说是一个机会。以前很多人在农村,他们去了城市打工,生活水平和思想水平都提高了。比如《寻路中国》里有个楼师傅,出去打工的时候才十二三岁,那时都不会认字,但他很聪明,业余时间学了汉字,学了好多技术,变成了专家。所以他的工资提高了,生活水平提高了。从这个人的例子来看,他打工之后生活比以前好多了。很多人都是这样。Leslie(何伟的太太张彤禾)在广东也认识好多年轻人,在业余时间学习电脑和英语,也许学得不是很好,但他们感兴趣。

很多美国人觉得中国的工人像机器人,给很少的钱都可以工作,没什么想法,这完全是不对的。《奇石》里有一篇文章是关于深圳的,人物是我以前的学生Emily。在那篇文章里我也着重写了工人的文化,以前我们不太重视这一方面,但其实他们也有业余时间在读书、看电影、看节目。他们当时都听一个叫

《夜空不寂寞》的节目，对他们的思想来说特别重要，能教给他们很多新东西，教他们怎么谈恋爱、结婚。这其实很重要，但大多数记者都不太重视这方面。

时代周报：胸罩调节环制造厂，这个名字在《工厂》这一篇里出现频率很高，你为什么会选这样一个工厂？

何伟：我一开始没有刻意选这个"胸罩调节环制造厂"，我认识的那些老板没告诉我他们的具体业务。我问他们做什么，他们说是跟衣服有关系的。我第二次去，看到机器，才知道他们做的是什么产品。我觉得很有意思，那么小的东西一般人都不想管，但那么小的东西也是一个世界，有好多人的故事，有一个人是偷蓝图的，好多人想杀死他。这些东西都很有意思，我要告诉美国和中国的读者，那些人有文化，有复杂的生活，不是机器人。这虽然是个可笑的小东西，但也是一个人的生活。

❝ 政府扶持模式下的成长者

时代周报：我们在《奇石》里看到了芜湖的奇瑞汽车城。这也是你写《寻路中国》的时候去到的地方吧？

何伟：差不多是2005年，正在准备写《寻路中国》，我想了解中国的汽车市场，奇瑞那时候是一个发展比较快的小公司。

现在在埃及有挺多奇瑞车，不过名字不一样。不过它还没有出口到美国来，欧洲也没有，一些专家会说，在美国卖车有好多规定，很多韩国公司刚到美国的时候也遇到很多问题，比如现代刚开始的时候名声也不好，做了改进之后好多了。汽车进入欧美市场是挺麻烦的事，所以奇瑞现在还是在埃及和非洲其他地方比较多。

中国人做很多东西很快很高效，但质量不好。美国也是这样，有时候要方便要快，质量就会有问题。

时代周报： 就像你书里提到的，芜湖这样的地方是中国新经济的后来者。汽车城和丽水、温州那一带的小商品生意，显然很不一样。

何伟： 对，芜湖政府投资比较大，丽水私人资本为主，温州的国家投资也不太大。所以奇瑞算是一个政府扶持模式下的成长者。中国如今需要质量比较好、价格比较贵的产品，跟日本一样——以前Made in Japan也曾是个不好的标签，但后来他们改了。

中国的汽车工业都还没到达下一步。现在美国可能有比亚迪，但不多。

其实我也理解，因为他们要先做基础，然后再提高，目前质量不好也很自然。其实已经很了不起了，芜湖那个地方没什么重要工业，能有汽车工业已经很厉害了。一开始奇瑞没有登记，我问他们，他们说这跟超生一样，不能提前登记，生了以后可以。我觉得很好玩，也很聪明。先上车后补票，类似的事情在中国很多。在事后得到允许比在事前申请要容易很多。我还是很钦佩他们的能力。